Die Dame mit dem Hermelin
Florian Reinstaller

FLORIAN
REINSTALLER

Die Dame
mit dem
Hermelin

Roman

Florian Reinstaller
Mediziner, Baujahr 1964, lebt in Tirol.
Außer seiner Tätigkeit im Spital liebt er das Kochen und hat nun auch das Schreiben für sich entdeckt.

Deutschsprachige Erstausgabe September 2019
Copyright © 2019 Florian Reinstaller
Alle Rechte vorbehalten
Nachdruck, auch auszugsweise, nicht gestattet Covergestaltung und Satz: Wolkenart Marie-Katharina Wölk,
www.wolkenart.com
Korrektorat, Lektorat: Wolma Krefting
1. Auflage
ISBN: 9783749499649
Herstellung und Verlag: BoD - Books on Demand, Norderstedt

Für Petra

Wer das Böse nicht verurteilt,
lässt zu, dass es geschieht.

Leonardo da Vinci (1452 - 1519)
italienisches Universalgenie, Maler, Bildhauer,
Baumeister, Zeichner und Naturforscher

PROLOG

Berlin 1940

»Famos, Herr Rittmeister. Einfach famos. Mir fehlen die Worte. Ich habe schon vieles in meinem jungen Leben gesehen, aber das hier sprengt den Rahmen von allem Bisherigen. Ohne Zweifel! Sie müssen es mit eigenen Augen sehen, sonst glauben Sie es nicht. Diese Anmut! Dieser Ausdruck! Wahrlich ein Meisterwerk! Wie von Gottes Hand erschaffen.«

Wohlwollend legte sich die Hand des Mannes auf die Schulter seines Chauffeurs, der, gekleidet in einen graugrünen Gehrock mit Reithose und Schirmmütze, die rechte hintere Wagentür zum Einsteigen offen hielt, und er bekundete noch einmal die Großartigkeit der Exponate, die er eben gesehen hatte. Seit einigen Wochen wurden sie im Kaiser-Friedrich-Museum ausgestellt und der kulturbeflissenen Berliner Bevölkerung zugänglich gemacht.

»Diese Sammlung, mein lieber Rittmeister Striese-witz! Diese Bilder! So etwas gibt es kein zweites Mal. Einfach grandios. Und allen voran diese Frau. Einzigartig, um nicht zu sagen himmlisch!«

Die Verwunderung über diesen ungewohnten, ja,

sich beinahe überschlagenden Gefühlsausbruch ließen die Augenbrauen des Fahrers nach oben schnellen. Trotz der guten Zeiten, die ganz Deutschland gerade erlebte, hatte ein Lächeln auf dem Gesicht seines Chefs in den letzten Wochen Seltenheitscharakter. Welche Wandlung hatte sich hinter diesen Gemäuern vollzogen? War die Welt in den vier Stunden, die er nun hier auf dem Platz vor dem Museum zugebracht und auf seinen Dienstherrn gewartet hatte, inzwischen eine andere geworden? Seit Monaten schrie der Volkssender einen Sieg nach dem anderen in den Äther hinaus und hob die unbezwingbar erscheinende deutsche Wehrmacht in den Olymp. ‚Deutschland, Deutschland über alles‘ schallten die Fanfaren, und das Volk jubelte trotz des vergossenen Blutes. Die Wirtschaft florierte. Man war wieder wer.

Doch von all dem Eifer und Jubel war in der Welt von Hans Frank wenig zu spüren. Seit Wochen häuften sich die Konflikte zwischen ihm und Berlin um die Vorherrschaft in den annektierten polnischen Gebieten. Dem deutschen Staatsgebiet nicht zugehörig, galt das Generalgouvernement als politisches Ausland. Als Nebenland zum Großdeutschen Reich. Die Rechtslage in diesen von der Wehrmacht besetzten polnischen Gebieten – immerhin sprach man von 144.000 Quadratkilometern, die im Zuge des Deutsch-Sowjetischen

Grenz- und Freundschaftsvertrages besetzt und verwaltet wurden–, war seit Anbeginn umstritten. Franks brutaler Führungsstil wurde in Berlin zunächst geschätzt, kam er doch der Aufgabe, das Gebiet von subversiven Elementen zu säubern, mehr als effektiv nach. Doch verstärkte sich mit zunehmender Dauer der Argwohn gegenüber seiner höchst eigensinnigen Vorgehensweise. Er regierte nicht, vielmehr herrschte er gottgleich über sein »Frank-Reich«. Immer mehr Unmut drang aus Berlin nach Krakau, dem Regierungssitz von Hans Frank. Maßnahmen folgten auf dem Fuße und so schwand seine Macht, je mehr Kompetenzen ihm entzogen wurden. Die Situation fand ihren Höhepunkt 1944, als Frank die polnische Untergrundbewegung aufforderte, sich nicht gegen ihre Besatzer zu stellen, sondern gemeinsam mit den Deutschen gegen die heranrückenden Russen zu agieren.

Davon war allerdings an jenem Tage im September 1940 noch wenig zu spüren. Der als musisch und kunstsinnig bekannte Frank stieg mit einem breiten Lächeln in den Fond des Wagens. Die gute Laune des Chefs war nicht zu übersehen. Waren die Zwistigkeiten, mit denen sein Arbeitgeber zu kämpfen hatte, unerwartet beigelegt worden? Ohne einen Kommentar kam Gebhard Striesewitz seinen Aufgaben nach. Nachdem er sich gewissenhaft davon überzeugt hatte, dass sein

Fahrgast angenehm saß, platzierte er sich hinter das Lenkrad und mit einem satten Ton setzte sich der dunkelblaue Horch 830 in Bewegung. Striesewitz traute dem Frieden nicht.

»Wohin darf ich Sie chauffieren, Herr Generalgouverneur?«

»Warum so förmlich, mein lieber Gebhard? Sie kennen doch unsere Abmachung. Sobald wir unter uns und von der Außenwelt abgeschirmt sind, existiert weder ein Herr Generalgouverneur noch ein Herr Rittmeister.«

»Verzeihen Sie mir meine Förmlichkeit, aber mein Wagenfenster war noch nicht vollends geschlossen und Ihnen ist sicherlich nicht entgangen, dass mehr als zwei entrüstete Augenpaare Sie auf Ihrem Weg zum Automobil observiert haben. Ohne indiskret zu erscheinen, aber die zwei Männer, die Ihnen bis zu den Stufen hierher gefolgt sind, schienen mehr als aufgebracht zu sein. Wenn Blicke töten könnten ...« Striesewitz hielt noch rechtzeitig inne. Er wollte mit Andeutungen dieser Art nicht den Teufel und ein mögliches Unglück herausfordern. Förmlich, seiner Erziehung entsprechend, fuhr er fort. »Die Männer wirkten sehr erregt. Darf ich nach dem Grund des Zerwürfnisses fragen?«

Der Gouverneur lachte laut auf. »Das dürfen Sie, mein lieber Gebhard. Selbstverständlich.« Natürlich waren ihm das erzürnte Gesicht des Generaldirektors und das seines Kustos aufgefallen. Die beiden Männer waren Hans Frank bis zum Ausgang des Museums gefolgt. »Ich werde gewinnen, Striesewitz. Dieser fette Sack hier in Berlin soll sich an anderem erfreuen.« Als Ausdruck tiefster Entspannung schlug er nun die Beine übereinander und breitete seine Arme auf der Rückenlehne aus. Nach einer heftigen Debatte im Foyer des Museums hatte er Görings Lakaien mit hochrotem Kopf sprichwörtlich im Regen stehend zurückgelassen. Der Streit um die Bilder war endlich zu seinen Gunsten entschieden worden. Er fühlte sich sichtlich wohl in der Rolle des Stärkeren.

Beinahe majestätisch rollte der elegante Wagen am Reiterstandbild Friedrichs des Dritten vorbei und steuerte auf die Monbijoubrücke zu.

»Mein lieber Herr Gebhard! Ich werde sie zurückholen. So einfach ist das. Beziehungsweise so einfach wäre das, wenn nicht gewisse Herren sich aufspielen würden, als wären sie der Führer persönlich und hätte einen Anspruch darauf. Dieser Göring. Wie wenig ich diesen Menschen leiden kann.«

Gebhard Striesewitz räusperte sich und drosselte die Geschwindigkeit der Limousine. Ein neuerliches Räuspern, verbunden mit einem bittenden Blick in den Rückspiegel, genügte, um seinen elitären Fahrgast darauf aufmerksam zu machen, dass er der zuvor gestellten Frage nach dem Fahrtziel eine Antwort schuldig geblieben war.

»Ach herrje! Sie wollen wissen, wohin es gehen soll. Es geht zurück nach Krakau, lieber Herr Gebhard. Und das so schnell wie möglich.«

»Sehr gern, Herr Hans. Wann geht Ihr Flugzeug oder gedenken Sie mit mir die Straße zu nehmen?«

»Heute nicht, Herr Gebhard. Ich werde bereits morgen früh in Krakau erwartet. Mein Flugzeug startet in drei Stunden, also genügend Zeit, um mich nach Staaken zu bringen.« Hans Frank blickte zufrieden aus dem Fenster der Limousine. »Übrigens, bevor ich es vergesse«, fuhr er fort, »auch Ihre Pläne haben sich geändert, Herr Gebhard. So schnell wie angedacht werden Sie nicht nach Krakau zurückfahren. Ich habe nämlich noch einen brisanten Auftrag für Sie, und, um es einmal mit Ihren Worten auszudrücken: Mit Verlaub … ich denke, Sie sind genau der richtige Mann dafür.«

»Ihr Vertrauen ehrt mich. Darf ich erfahren worum es sich handelt?«

»Sie dürfen, mein Lieber. Sie dürfen.«

Unübersehbar genoss der Generalgouverneur seinen Triumph über die beiden Schnösel in der Museumsverwaltung. Jung und unerfahren, diese Burschen. Aber da sind sie an den Falschen geraten. Ihm schwellte die Brust, je mehr er an seinen Erfolg dachte.

»Sie hätten die beiden sehen sollen«, fuhr er fort. »Dieses nichtsnutzige Pack. Von wegen Kunstexperten.«

Der Chauffeur stutzte. Er wusste die Laune seines Chefs nicht so recht einzuordnen. Hatte er sie kurz zuvor noch als gut eingestuft, so kamen ihm nun gehörige Zweifel. Ohne weiter nachzufragen lenkte er den Horch stadtauswärts in Richtung Flughafen.

»Aber, um Ihre Fragen endlich zu beantworten, mein lieber Herr Gebhard, schließlich will ich Sie nicht länger auf die Folter spannen. Es geht um eine Frau. Wie könnte es bei Männern auch anders sein. Eine höchst betagte, allerdings sehr liebreizende Frau, die zurück in ihre Heimat will. Sie will heim nach Krakau.«

»Ah«, entgegnete der Chauffeur, »eine alte Dame. Aber wenn ich zu bedenken geben dürfte: Wäre es nicht besser, sie würde mit Ihnen den weitaus angenehmeren Luftweg nehmen? Immerhin sind es von Berlin nach Krakau knapp eintausend Kilometer. Eine beschwerliche Reise für eine alte Dame.«

»Da haben Sie ganz recht, Herr Gebhard, zumal die Dame nicht alleine reist. Sie ist in Begleitung eines Tieres.«

»Ich verstehe«, entgegnete Striesewitz und die Verwunderung war ihm mehr als deutlich ins Gesicht geschrieben.

»Gar nichts verstehen Sie, mein Lieber. Gar nichts.«
Mit einem verschmitzten Lächeln beugte sich Frank zu
seinem Fahrer hinüber. »Wie können Sie auch? Aber
bevor ich Sie nun weiter im Ungewissen lasse und Sie
vor lauter Grübeln das Automobil in den nächsten Gra-
ben steuern, werde ich Ihnen mein Anliegen kundtun.
Sie werden ein Ölgemälde nach Polen zurückbringen.
Leonardo da Vincis Dame mit dem Hermelin. Es ist
nicht sehr groß, etwa sechzig mal vierzig Zentimeter.
Mit dem Rahmen bestenfalls achtzig mal sechzig. Sie
werden also keinerlei Probleme mit dem Transport bekommen. Unser Wagen hier ist groß genug, um es un-
beschädigt in ihr Heimatland zu eskortieren.«

»Ich werde den Auftrag sehr gerne ausführen, aber
gönnen Sie mir bitte eine Frage?«

»Nur zu. Nur zu.«

»Sie sagten, die Dame will in ihre Heimat zurück.
Mit Verlaub. War Leonardo nicht Italiener?«

»Ach Herr Gebhard, wie kleinlich und engstirnig Sie
doch sind. Italien, Polen, Russland … alles Namen, die
bald in Vergessenheit geraten werden. Die Landkarten,
oder besser gesagt die ganze Weltgeschichte wird umge-
schrieben werden müssen. Bald wird das alles der Vergangenheit angehören. Warten Sie noch ein paar Jahre,
mein Lieber, und ganz Europa wird unser sein.«

Krakau 1944

»Meine Gefolgschaft.« Seine Ansprache war an fünfzehn stolze und kampferprobte Männer gerichtet, die
um den Tisch versammelt waren und ihn nun mit
versteinerten Mienen fassungslos anstarrten. Er war
ihr Held gewesen, dem sie über Jahre willenlos gefolgt
waren. Jetzt stand er vor ihnen und suchte verzweifelt
nach den passenden Worten. Die ehemalige Kraft seiner Stimme war verloren gegangen. Er klang gedämpft
und zerbrechlich.

»Ich danke Ihnen für Ihre Loyalität. All die Jahre
über waren Sie verlässliche Mitstreiter im Kampf für
das einzig wahre Ziel auf dieser Welt, den Endsieg des
Deutschen Reiches.«

Verhalten stieß er seine Hacken zusammen und
ebenso verhalten hob er seine rechte Hand. Die einstige
Euphorie war einer schlappen Monotonie gewichen.
Der Verlust war unabwendbar. Eine ganze Nation
war getäuscht worden. Waren einer Ideologie gefolgt.
Ohne Wenn und Aber. Der Jubel hatte keine Grenzen
gekannt, bis ganz Europa in Schutt und Asche untergegangen war. Er selbst war Teil dieses Wahnsinns

gewesen. Mit Herz und Seele. Bereit, die Vernichtung voranzutreiben unter dem Vorwand, Platz und Lebensraum für die Herrenrasse zu schaffen.

Nun würde er bald auch auf der Flucht sein. Vom Jäger zum Gejagten. Die Vorstellung widerte ihn an. »Ich hoffe, wir werden uns wiedersehen. Es lebe unser Vaterland, es lebe unser Führer.« Mit einem lauten »Heil Hitler!« beendete er die kurzfristig einberufene Sitzung, zu der er die wichtigsten Städteführer des Generalgouvernements geladen hatte. Die Männer stoben auseinander und bald verhallten die letzten Schritte im Treppenhaus. Hans Frank trat hinaus auf den Balkon und blickte den abfahrenden Autos hinterher. Ein langer Fetzen hing schlaff an der Fahnenstange, die in der Mitte des Schlossplatzes hier auf dem Wawel stand. Die leichte Brise, die in den Wintermonaten gerne untertags vom Osten kommend über die Stadt wehte, reichte meistens aus, um das aufgedruckte Hakenkreuz-Emblem auf dem Stofftuch zur vollen Entfaltung zu bringen. In den letzten Tagen war der Wind ausgeblieben und die herabhängende rote Fahne glich jener der Roten Armee. Ein Hohn? Ein böses Omen? Oder bereits ein Vorbote auf die kommende Zeit?

Es war der Abend des 29. Oktober 1944, und Generalgouverneur Frank blickte sorgenvoll über die Stadt. Dunkel und ruhig bot sie sich ihm dar. Kein Lüftchen regte sich unter dem sternenklaren Himmel. Die silberne Sichel des Mondes spiegelte sich im Wasser der Weichsel, deren dunkles Wasser seit Jahrhunderten durch die Stadt floss.

In den letzten Tagen war er häufig hinaus auf den Balkon getreten, hatte den rot-violetten Schein am Horizont betrachtet und dem unaufhörlichen dumpfen Grollen gelauscht, das aus weiter Ferne an seine Ohren drang. Von Tag zu Tag war der Schein heller und das Geräusch lauter geworden. In wenigen Wochen würde der Iwan vor Krakaus Toren stehen und zerstören, was noch nicht zerstört worden war.

»Der Auftrag, meine Herren, lautet, den geordneten Rückzug anzutreten. Allerdings gilt ein Ziel bis zur letzten Sekunde: das Generalgouvernement judenfrei zu machen.«

Die Worte, mit denen er vor Stunden seine Rede begonnen hatte, lagen ihm noch deutlich in den Ohren. Ebenso die wenig erstaunten Gesichter seiner Mitstreiter, die hiermit zu den letzten Gräueltaten aufgerufen worden waren. Der Kampf war sozusagen bereits verloren, doch die »Sonderaktionen« gegen die polnischen Juden sollten bis zum bitteren Ende aufrechterhalten werden. Die letzte schwarze Limousine war eben durch das Burgtor gefahren. Stille legte sich über das Gemäuer. Selbst der unheilvolle Klang aus der

Ferne war für kurze Zeit verhallt. Die Kälte trieb den Generalgouverneur wieder zurück in den holzgetäfelten Besprechungsraum. Lediglich das Knistern des Holzes, das im offenen Kamin langsam vor sich hin brannte, war zu hören.

Die Dämmerung, die vor Stunden über die Stadt gekrochen war, hatte sich in eine tiefe Dunkelheit verwandelt. Ruhig und friedlich erschien ihm das Städtchen zu Füßen des Burgbergs. War es die Ruhe vor dem Sturm? Vier lange Jahre lebte Hans Frank nun schon in der Stadt.

Als Hitlers Gesandter, als sein oberster Jurist war er vom Führer höchstpersönlich in dieses Land entsandt worden, nachdem die deutsche Wehrmacht es in einem Blitzkrieg für sich erobert hatte. Es galt, den Lebensraum für das deutsche Volk auszudehnen, und die polnischen Weiten erschienen den Nationalsozialisten wie geschaffen dafür. Mit Wehmut dachte er an seinen pompösen Einzug auf dem Wawel, Krakaus Burganlage. Gleich einem Cäsaren hatte sich Hans Frank im Oktober 1939 feiern lassen und war dennoch nur mit verhaltenem Jubel aufgenommen worden. Als selbsternannter Herrscher über Leben und Tod sollte er als der »Schlächter von Polen« in die Geschichte eingehen.

Und jetzt? Was war aus ihm geworden? Was war aus Deutschland geworden? Keine fünf Jahre später war er nun gezwungen, seiner neu gewählten Heimat den Rücken zuzukehren. Wie ein herrenloser Köter wurde er aus der Stadt gejagt. Zur Flucht gezwungen. Die Vorstellung ließen seine Gesichtszüge einfrieren. Eine Wut kroch in ihm hoch, die ihn beinahe auffraß. Mit geballten Fäusten stand er da und blickte aus dem Fenster. Was war nur los mit Deutschland? Wo war der Jubel der vergangenen Jahre? Wo die Siege der als unbezwingbar geglaubten Streitmacht? Die Rote Armee war im Anmarsch. Wollte er mitnehmen, was ihm lieb und teuer war, so blieb ihm nicht mehr viel Zeit. Jeder Tag, der sinnlos verstrich, war ein verlorener.

Als wäre er gerufen worden, stand plötzlich Rittmeister Striesewitz in der Tür und fragte den Generalgouverneur, ob er noch etwas für ihn tun könne. Wenn nicht, würde er sich nun schlafen legen.

»Sie kommen wie gerufen, mein lieber Herr Gebhard. Bitte leisten Sie mir doch etwas Gesellschaft. Wer weiß, wie lange es uns noch erlaubt ist.«

»Steht es wirklich so schlecht um uns?«

»Viel schlechter, als Sie glauben. Wir sind am Ende unserer Reise angelangt, Herr Gebhard. Wir stehen kurz vor dem Abgrund. Schauen Sie aus dem Fenster. Der Russe wird bald da sein und wir können mit nichts dagegenhalten.«

»Herr Hans, wenn ich …« Doch er kam nicht dazu,

weiterzusprechen, denn der Generalgouverneur fiel ihm ins Wort. »Wäre es nicht langsam an der Zeit, wir würden das leidige Herr Hans und das Herr Gebhard weglassen. Wie lange kennen wir uns jetzt schon? Zehn Jahre reichen wohl nicht aus. War es nicht 1927 auf der Universität in Berlin?«

»1930, Herr Hans. Es war im Oktober 1930. Auf dem Campus. Ich hatte mein Germanistikstudium begonnen und traf mich im Park mit Freunden. Sie kamen mir mit einer Schar von Leuten entgegen. Ich kannte Sie nicht und auch der Name Frank war mir kein Begriff, bis mich meine Freunde darüber in Kenntnis setzten. Jawohl, Herr Hans, es war 1930. Sie zählten bereits damals zum elitären Kreis.«

»Also gut, dann eben 1930. Ein paar Jahre mehr oder weniger, das tut wohl nichts zur Sache. Lass mich dem ewigen Spielchen mit Herrn Hans und Herrn Gebhard endlich ein Ende bereiten. Ich bin der Hans.«

Die ausgestreckte Hand hatte nichts von seiner ehemaligen Stärke verloren. Auch wenn die Stimme des Generalgouverneurs zurückgenommen und kraftlos klang, die seines Handschlages war es keineswegs. Zögerlich griff Striesewitz zu. In den wenigen Sekunden, in denen seine Hand die des Juristen umschloss, raste ihre gemeinsame Zeit vor seinem inneren Auge vorüber.

Als wäre es ein schnell abgespulter Film, folgte der

kurzen Begegnung auf dem Campus der Friedrich-Wilhelms Universität seine Einberufung zur Reichswehr, der späteren Wehrmacht. Germanisten brauchte das Land nicht, hatte der damalige Stellungsoffizier lauthals über den Gang gerufen und den jungen und kräftigen Kerl dabei angesehen. Striesewitz hatte sich nicht geweigert. Ganz im Gegenteil, als er sich zum ersten Male in Uniform gekleidet im Spiegel sah, strotze er nur so vor Stolz und Männlichkeit.

Seinem Wunsch, in einer Reiterbrigade zu dienen, war nur kurz entsprochen worden. Seine vornehme Ausdrucksweise erzürnte bereits nach wenigen Tagen seine Vorgesetzten im Kasernenhof. Dieser sprachlichen Gabe und letzten Endes wohl auch seiner universitären Bildung war es zu verdanken, dass ihm der Fronteinsatz erspart blieb. Die militärische Karriereleiter begann in einer Schreibstube und endete dort, wo er jetzt war. Dabei war es purer Zufall, dass er Hans Frank über den Weg lief. Ihm, der damals einen geeigneten Adjutanten für sich gesucht hatte.

»Und kommen Sie mir nicht mit irgendeinem dahergelaufenen Rittmeister«, hatte Hans Frank dem Unteroffizier zugerufen, der damals für das Auswahlverfahren der infrage kommenden Personen zuständig gewesen war. Die Bezeichnung »Rittmeister« war dem Doktor der Germanistik, Herrn Gebhard Striesewitz, geblieben, auch wenn er nie einen solchen Rang in der Wehrmacht bekleidet hatte. Als Rittmeister Striesewitz war er Hans Frank auch nach Polen gefolgt. Als dessen persönlicher Adjutant, als das Mädchen für alles, der sowohl Franks Dienstwagen lenkte als auch dessen Tagesablauf koordinierte. Eine treue Freundschaft war entstanden. Ein langer gemeinsamer Weg, der nun unaufhaltsam seinem Ende zusteuerte.

»Äh … mit Verlaub … und ich bin der Gebhard, Herr Hans. Äh … ich meine natürlich Hans.« Er würde wohl noch eine Zeit lang das »Herr« vor Franks Namen setzten, dachte er. Gewohnheiten legt man so schnell nicht ab.

Allerdings beschäftigte ihn seit geraumer Zeit ein anderes Problem, und er glaubte, hier und jetzt wäre die Gelegenheit, mit Frank darüber zu sprechen.

»Wenn ich …«, begann er erneut und diesmal wurde er von Frank nicht unterbrochen, »wenn ich Sie, beziehungsweise dich, Hans, kurz in einer privaten Sache belästigen darf. Mir liegt da etwas auf der Seele, dass ich unbedingt loswerden möchte.«

»Nur zu, mein lieber Gebhard. Was bedrückt dich?«

»Verzeihen Sie, Herr Hans … ich würde dieses Problem lieber in der gewohnten Form mit Ihnen als der Herr Hans besprechen. Verstehen Sie mich bitte nicht falsch, aber es fällt mir bedeutend leichter.«

»Was bedrückt sie, Herr Gebhard?« Elegant schwenkte der Generalgouverneur auf die Sie-Anrede zurück. »Raus mit der Sprache!«

»Sie hatten mich vor einigen Monaten um eine Entscheidung gebeten. Erinnern Sie sich noch, Herr Hans?«

»Selbstverständlich, Herr Gebhard. Es ging um Ihre Zukunft. Ein leidiges Problem in Zeiten wie diesen. Allerdings in Ihrem«, er zog gekonnt eine Augenbraue nach oben, um der Brisanz des Themas Ausdruck zu verleihen, » in Ihrem speziellen Fall kein uninteressantes, wenn ich mir diese Bemerkung herausnehmen darf. Es sei denn, Ihre Pläne haben sich geändert.«

»Keineswegs, Herr Hans. Keineswegs.«

»Und wie haben Sie sich entschieden. Für Deutschland oder für Ihre Familie?«

Der Generalgouverneur erinnerte sich noch allzu deutlich an sein blankes Entsetzen, als er von der Liaison seines geschätzten Rittmeisters mit einer polnischen Jüdin unterrichtet worden war. Ein sogenannter Szmalcownik hatte ihm diese Ungeheuerlichkeit zugetragen.

Diese Szmalcowniks gab es zu Tausenden in der polnischen Bevölkerung. Spitzel, die versteckte Juden ausfindig machten, sie erpressten, ihnen jegliches Hab und Gut abnahmen und sie dann, wenn sie vollends ausgeblutet waren, der Gestapo übergaben. Es geschah sogar auf Franks ausdrücklichen Erlass, diesen unliebsamen Personen für ihre Mithilfe, das Land judenfrei zu machen, eine nicht unerhebliche Stange Geld zu bezahlen. Allerdings war Hans Frank in diesem speziellen Fall gehörig in die Bredouille geraten, denn immerhin war es sein Freund und langjähriger Mitstreiter Striesewitz, der die Rassengesetze missachtet hatte. Es war das einzige Mal gewesen, dass Hans Frank seine Prinzipien über den Haufen stieß und den verräterischen Szmalcownik verhaften und noch am selben Tage erschießen ließ. Er wollte damit ein Exempel statuieren. Die Spitzel sollten wissen, dass Striesewitz unter seinem persönlichen Schutz stand.

»Ihrem Gesichtsausdruck entnehme ich, dass Sie sich gegen Deutschland und für Ihre jüdische Brut entschieden haben. Verzeihen Sie mir meine groben Worte, aber, trotzdem ich Sie wertschätze wie meinen eigenen Bruder, diese Seite an Ihnen konnte ich noch nie leiden.«

»Ich weiß. Sie haben mir nicht nur einmal das Leben gerettet. Mir und meiner Frau. Bis zu meinem letzten Atemzug bin ich Ihnen zu tiefstem Dank verpflichtet. Ich liebe meine Frau und daran hat sich und wird sich auch in Zukunft nichts ändern. Und außerdem«, Striesewitz zögerte, er wusste nicht, ob sein Freund für die ganze Wahrheit bereit war »... und außerdem, Herr Hans, werde ich Vater.«

»Sie werden was …? Habe ich richtig gehört? Sie werden Vater eines Judenbalges?«

»Mit Verlaub … eines Halbjudenbalges!«

»Ach, hören Sie auf mit dieser Haarspalterei!«, schrie Frank ihn wutentbrannt an. »Ob ganz, ob halb oder auch nur ein Viertel. Jude bleibt Jude, selbst wenn ein Teil Striesewitz mit drinnen steckt.«

Gebhard Striesewitz spürte den Schweiß aus allen Poren triefen und das Zittern, das seinen Leib erfasst hatte. Doch er hielt Franks starrem Blick stand und rührte sich nicht vom Fleck. Aug in Aug standen sie sich gegenüber. Wenn er jetzt klein beigab, waren er und seine Familie verloren. Das wusste er nur zu gut. Mit zittriger Stimme fuhr er fort: »Meine Entscheidung ist unumstößlich, auch wenn es unser aller Tod bedeuten könnte. Ich habe mich für meine Frau und mein ungeborenes Kind entschieden.«

»Sind Sie von allen guten Geistern verlassen? Ich kann das nicht durchgehen lassen. Ihre Frau zu schützen hätte mich schon Kopf und Kragen kosten können. Jetzt auch noch ein Kind? Wie stellen Sie sich das vor?«

Mit den Armen hinter dem Rücken verschränkt schritt der Generalgouverneur wutentbrannt im Zimmer auf und ab. Fassungslos über das eben Gehörte schüttelte er immer wieder sein Haupt und schnaubte wie wild durch die Nase. Das Bild glich einem Stier, kurz bevor er in die Arena gelassen wurde.

»Striesewitz! Striesewitz! Sie bringen mich in Teufels Küche. Was mach ich nur mit Ihnen?« Wenige Stunden zuvor hatte Hans Frank seine engsten Mitarbeitern entlassen und sie, trotz der drohenden Niederlage, die Deutschland unmittelbar bevorstand, ermahnt, ihr gemeinsames Ziel, die Welt judenfrei zu machen, nicht aus den Augen zu verlieren und es bis zum letzten Atemzug zu befolgen. Und jetzt sollte er sich seiner eigenen Order widersetzten? Es war ein Ding der Unmöglichkeit, andererseits wusste der Generalgouverneur, dass er bei seinem Rückzug auf Striesewitz und seine Hilfe angewiesen war. Der Rittmeister kannte das Land und die Gegebenheiten wie kaum ein anderer.

»Helfen Sie mir. Helfen Sie uns. Mir, meiner Frau und meinem Kind. Wir können Ihnen bei Ihrer Flucht behilflich sein. Das wissen Sie.«

Es schien, als hätte Striesewitz die Gedankengänge seines Vorgesetzten erraten.

»Meine Frau kennt genügend Leute aus dem Untergrund. Die Rote Armee hat Krakau beinahe eingeschlossen. Sie werden sich beeilen müssen, um Ihr Hab und Gut heil nach Hause zu bringen. Und wenn ich mich hier so umschaue, gibt es jede Menge zu tun.

Wenn Sie sich noch erinnern können, war ich schon einmal ein verlässlicher Reiseleiter für ältere Damen.«

Striesewitzs Blick schweifte an den reich mit Kunstschätzen dekorierten Wänden entlang und blieb an der Dame mit dem Hermelin hängen.

»Wie soll das gehen? Ihre Frau ist Jüdin, Striesewitz. JÜDIN! Bei der ersten Kontrolle wird sie an die Wand gestellt und Sie, mein Lieber, dazu.«

»Besorgen Sie ihr einen deutschen Pass. Befinden wir uns erst einmal in Sicherheit, sind Sie uns los. Das verspreche ich Ihnen.«

»Sie soll Deutsche werden? Ihre Frau? Eine Jüdin?«

»Wieso sträuben Sie sich? Ihr Traum ist ohnehin in wenigen Wochen zu Ende geträumt. Die Welt, oder besser gesagt, das, was unser Führer zurückgelassen hat, wird im Bombenhagel der Roten Armee untergehen. Der Russe steht nur wenige Kilometer vor Krakau. In ein paar Tagen wird hier die Hölle los sein und das alles hier ...«

Striesewitz stockte der Atem, denn das Gespräch, das er eigentlich führen wollte, hatte eine Wendung erfahren und der Ausgang war unklar. Noch nie hatte er mit seinem Vorgesetzten in dieser Art und Weise gesprochen und dermaßen klare Worte gebraucht. Hans Frank war immer noch Hans Frank, der Regent von Polen. Auch wenn der Feind bereits vor der Tür stand.

Noch galt sein Wort und ein Urteil aus Franks Mund wurde vollstreckt, ohne Wenn und Aber. Doch für Striesewitz gab es jetzt kein Zurück mehr. Er wusste, dass in diesem Augenblick die Weichen für seine Zukunft gestellt wurden.

»Das alles hier«, und um seinem Gegenüber das kommende Szenario zu veranschaulichen, rieb er seine Handflächen gegeneinander, als ob er einen unsichtbaren Gegenstand zermahlen würde, »wird dem Erdboden gleichgemacht werden. Jedes Lebewesen, und sei es auch nur die kleinste Maus, die der Iwan mit seinen dreckigen Fingern zu fassen bekommt, wird er zerquetschen. Nichts und niemanden wird er schonen. Werfen Sie einen Blick aus dem Fenster auf die Straßen, auf das Volk. Tausende sind jetzt schon auf der Flucht. Ein deutscher Pass mehr oder weniger. Wer soll sich daran schon stoßen?«

»Wen es kümmert?« Franks Stimme überschlug sich fast, so aufgebracht war er. »Was soll diese dämliche Frage?« Wild schnaubend stampfte er durch das Zimmer. »Die arische Seele kümmert es, mein Lieber. Das arische Herz blutet bei diesem Gedanken, einer Jüdin einen deutschen Pass zu geben. Die Schwangerschaft möchte ich hier gar nicht erwähnen. Wissen Sie überhaupt, was Sie da von mir verlangen?«

»Das tue ich sehr wohl. Mit Verlaub, ich bin mir

völlig im Klaren darüber, nur verkennen Sie meine Lage. Wenn Sie mir oder, besser gesagt, uns jetzt nicht helfen, dann können Sie mich gleich hier auf der Stelle erschießen. Ohne Ihre Mithilfe sind unsere Chancen gleich null, das wissen Sie und ich.«

»Striesewitz, Sie spielen mit dem Teufel.« Der Generalgouverneur blieb dicht vor ihm stehen und versuchte, zur Ruhe zu kommen.

Schwer atmend und mit einem eiskalten Blick fuhr er nun in einer gemäßigteren Tonart fort: »Ihre Frau bekommt den Pass. Nur eines sage ich Ihnen. Wenn sie auffliegt, dann werde ich so tun, als würde ich sie nicht kennen und werde sie höchstpersönlich exekutieren.«

TEIL 1

Warschau 2000

Der Schlag war präzise und nur schwer zu retournieren. Mit viel Geschick gelang Jana das Kunststück, allerdings war der Rückschlag nicht hart genug platziert. Zeit und Kraft fehlten, um dem kleinen Gummiball die nötige Geschwindigkeit zu verleihen. Ohne große Anstrengung war Elena erneut zur Stelle, traf den Ball mit voller Wucht und setzte ihn gekonnt eine Handbreit über die Linie. Mit einem lauten Aufprall wurde er von dort zurückgeworfen und landete unhaltbar im Nick. Ein Schlag, der nicht besser hätte sein können. Nahezu weltmeisterlich. Von der getroffenen Kante zwischen der Seitenwand und dem Boden des Spielfeldes rollte der Ball Jana direkt vor die Füße. Völlig aus der Puste beugte sie sich vor, stützte die Hände auf ihre Knie und japste nach Luft.

Seit mehr als vier Jahren trafen sie sich regelmäßig im Squash Center. Zweimal pro Woche für jeweils sechzig Minuten. Es galt: sich auspowern und dabei völlig abschalten. Die beiden Freundinnen liebten diesen Sport und sahen ihn als Ausgleich zu ihrer Arbeit. Aktion und Reaktion, die Schnelligkeit, das Reaktionsempfinden.

Es gab viele Attribute, die sie daran faszinierten. Auch wenn bereits zu Beginn ihrer Trainingsstunde die Luft in diesem Viereck stickig, muffig und nahezu zum Schneiden war und es bei Gott weitaus kniefreundlichere Betätigungen gab, ohne Squash war die Woche unvollständig und leer. Seit Wochen war Elena in Topform und ließ Jana kaum eine Chance. Obwohl sie von ihrer Statur her etwas korpulenter und kleiner war als Jana, so glich Elena dies mit ihrer Wendigkeit und Präzision aus. Noch immer völlig außer Atem griff Jana nach dem kleinen Ball zwischen ihren Füßen.

»Darf ich fragen, was du hast? Was dir über die Leber gelaufen ist?«

»Es ist nichts. Alles bestens!«, gab Elena zurück.

»Der hier …«, Jana hob die kleine weiße Gummikugel in die Höhe, »kann nichts dafür!«

»Entschuldige, aber ich kann dir nicht folgen. Wen oder was meinst du?« Elena schaute zu ihrer Freundin, die immer noch in der Mitte des Feldes stand und nach Luft rang.

»Nichts? Du sagst, es ist nichts? Und warum malträtierst du dieses kleine runde Ding da, als wäre es dein Todfeind?« Jana hielt ihr den Ball vors Gesicht.

»Ich weiß nicht, wovon du sprichst. Du siehst wieder einmal Gespenster!«

»Nur zu! Verarschen kann ich mich selber. Aber

wenn du meinst.« Sichtlich enttäuscht über den Verlauf des Gespräches verließ Jana ohne einen weiteren Blick den Court.

»Du hast ja recht«, schrie Elena ihr nach. »Ich habe mit dem Arzt gesprochen.« Mit einem lauten Knall fiel die Tür hinter Jana ins Schloss. Elena rannte ihr nach und zwang sie zum Innehalten. »Bitte, bleib stehen, Jana. Entschuldige.«

»Schon gut. Was hat er gesagt?«

»Wenig Gutes. Die Krankheit schreitet voran. Schneller als gedacht. Er kann den Zeitpunkt nicht nennen.«

»Das tut mir leid. Diese Krankheit ist schrecklich. Bei meiner Nachbarin war es ähnlich. Innerhalb von einem halben Jahr war das Erinnerungsvermögen erloschen. Aus und vorbei. Alles weg«, sagte Jana mitfühlend.

»Du machst mir Angst.« Hilflos wie ein kleines Kind stand Elena vor ihr und blickte verlegen auf den Boden. Jana sollte ihre Tränen nicht sehen. »Sie ist meine Familie. Die einzige, die mir geblieben ist.«

»Ich weiß, meine Liebe, und ich verspreche dir, immer für dich da zu sein. Egal was kommt. Wir werden das gemeinsam durchstehen.« Wie eine große Schwester umarmte Jana ihre Freundin und drückte sie an sich. »Ist die Heimleitung über die neue Situation schon informiert?«

»Nein, nein. Natürlich nicht«, stotterte Elena.

»Ich denke, das sollte sie aber«, fuhr Jana fort und strich ihrer Freundin zärtlich über das Haar. »Sie werden sie in einen anderen Trakt verlegen müssen.«

Elena Kowalski war fünf Jahre alt gewesen, als sie an der Hand ihrer Großmutter am Friedhof stand und ihre Mutter zu Grabe trug. Es war ein klarer, eiskalter Novembernachmittag gewesen, und dichter Schneefall hatte die Trauergemeinde auf Marija Kowalskis letztem Weg begleitet. Ein kleiner, unbedeutender Acker am südlichen Stadtrand von Warschau, der zwischen leer stehenden Lagerhallen und brachliegenden Wiesenfeldern den weniger Betuchten aus der polnischen Hauptstadt als letzte Ruhestätte diente.

Von einer roten, unverputzten Ziegelwand umrahmt, erhoben sich die schmucklosen Grabplatten aus dem gefrorenen Boden. Zumeist nur einfache Steine, deren grob behauenen Flächen Jahreszahlen und Namen der Verstorbenen zierten. Schlicht und unregelmäßig ragten sie aus der schneebedeckten Erde und erschienen vielleicht auch gerade ihrer Einfachheit wegen weitaus anmutiger als manch edel geschmiedetes Grabkreuz. An die Rede des Pfarrers konnte sich Elena nicht erinnern. Einzig und allein die grob klingenden Worte ihrer geliebten Großmutter, die eigentlich Mara

Kowalski hieß, aber von allen nur Mamele genannt wurde – das jiddische Wort für Mütterchen –, blieben ihr im Gedächtnis. Sie sollte den Sinn erst Jahre später verstehen. »Früher war es der Krieg, der uns das Liebste nahm, jetzt sind es die verfluchten Krankheiten. Was ist das für eine Zeit, in der die Kinder vor ihren Eltern sterben.«

Mara Kowalski wusste, wovon sie sprach, denn zwei von ihren drei Kindern hatte sie bereits zu Grabe getragen. Tomas starb kurz nach Kriegsende. Ein heimtückisches Fieber hatte ihn als Dreijährigen hinweggerafft. Einige Jahre später folgte ihm Andrej, der Zweitgeborene. Den Ärzten zufolge war sein Darm krank. Schleichend und ohne viele Schmerzen war es über ihn gekommen. Ein unheilbarer Durchfall, dem sich ein unaufhörliches Erbrechen hinzugesellte, dessen fauliger Geruch von unverdauten Speiseresten herrührte. Eines Nachts war er nicht mehr munter geworden. Man fand ihn kalt und blau in seinem Bett, erstickt an seinem Erbrochenen.

Als hätte ihre Großmutter nicht genug gelitten, so schlug das Schicksal ein weiteres Mal zu. Mit 37 Jahren gebar sie eine Tochter. Die Freude über Marija war zunächst riesengroß. Man schrieb das Jahr 1962, und die Jugend auf der ganzen Welt erlebte eine Welle der Revolte und Ekstase. Von Amerika ausgehend erreichte die Strömung auch das ferne Polen. Mamele war davon wenig beeindruckt, dominierte doch die Freude über ihr drittes Kind ihr Leben. Aber auch dieses Glück sollte nicht von langer Dauer sein. Marija Kowalski erkrankte an Brustkrebs und ließ ihre fünf Jahre zuvor geborene Tochter Elena mit Mamele allein zurück.

Elenas Erinnerungen an ihre Mutter waren lückenhaft und die wenigen, die sie noch hatte, waren bei Gott keine liebevollen. Erklärungsmodelle hierfür gab es genug. Zum einen war Elena wohl zu klein gewesen, um sich an glückliche Zeiten oder an gemeinsame Unternehmungen mit ihrer Mutter zu erinnern, zum anderen war Marija Kowalski damals aufgrund ihrer schweren Krankheit die meiste Zeit im Krankenhaus. Zeit für ihre Tochter hatte sie nie aufbringen können. Elena hatte sich nie den Kopf darüber zerbrochen. Der einzige Lichtblick in ihrem Leben war seit jeher ihre Großmutter. Einer Mutter gleich, wie sie besser nicht sein konnte, war sie ihr Ein und Alles. Mamele war es, die sie liebevoll zu Bett brachte, die ihr Geschichten vorlas, die mit ihr spielte und mit ihr lachte. Mamele war es auch, die mit ihr lernte und ihr bei den Schulaufgaben half. Die sie tröstete und ihr Mut zusprach, wenn nicht alles nach Plan lief.

Umso mehr traf es Elena, als auch ihre Großmutter erkrankte und von diesem heimtückischen Leiden heimgesucht wurde, das ihr Stück für Stück das Gedächtnis raubte und sie in einen tiefen dunklen Abgrund stieß, aus dem es kein Zurück gab. Der behandelnde Neurologe hatte Elena über den Verlauf dieser Erkrankung in Kenntnis gesetzt, hatte ihr mit einfühlsamen Worten das Unvermeidliche klar und deutlich aufgezeigt und ihr die immer größer werdende Kluft zwischen den unumkehrbaren Beeinträchtigungen der Großmutter und der äußeren Realität vor Augen geführt. Mameles geistigen Verfall mit ansehen zu müssen, tat Elena unsagbar weh. Es gab Momente der tiefsten Verzweiflung, in der sie ihrer Großmutter ein baldiges Ende wünschte, und gleichzeitig war der bloße Gedanke, sie ein für alle Male zu verlieren, unerträglich. Was sollte sie nur ohne ihre Großmutter machen? Wie sollte ihr Leben weitergehen, wenn Mamele einmal nicht mehr war?

Leise und ohne großes Aufsehen hatte sich die Krankheit in Mameles Körper geschlichen. Zunächst waren es nur einzelne Wörter gewesen, die ihr nicht mehr einfielen, und der Ärger darüber hatte sie zu Wortausbrüchen verleitet, die Elena an vergangene Zeiten erinnerte, als Mamele noch völlig gesund war. Ihre Großmutter war immer von aufbrausendem Naturell und nie recht zimperlich in ihrer Wortwahl gewesen. Mit Fortschreiten der Erkrankung wurden sie, jeglichen ärztlichen Prophezeiungen zum Trotz, ruhiger und besonnener. Allerdings wurden die Erinnerungs-lücken größer und ihre Handlungen unkoordinierter. Elena ignorierte die Alarmsignale und sah Großmutters geistigen Verfall als Folge deren Alters.

Ein Ereignis vor knapp einem Jahr hatte ihr schließlich die Augen geöffnet und ihr die Tragweite der psychischen Veränderung bewusst gemacht. Es war ein herrlicher Sommertag gewesen. Großmutter war wie gewohnt zu Hause geblieben, während Elena ihrer Arbeit im Supermarkt nachging. Was sie damals bewogen hatte, nach Dienstschluss auf ihre Squash-Stunde zu verzichten, obwohl Jana bereits im Sportcenter auf sie gewartet hatte, konnte sie nicht sagen. Intuition? Göttliche Fügung? Glück? Jedenfalls ging Elena damals nach Hause und bereits beim Öffnen ihrer Wohnungs-tür kamen ihr dunkle Rauchschwaden entgegen. Mit einem Tuch vor dem Mund kämpfte sie sich durch den stickigen Nebel, getrieben von der Angst, Mamele in einem der Zimmer leblos am Boden vorzufinden.

Doch ihre schlimmste Befürchtung bestätigte sich nicht. Der Braten war rußschwarz. Mamele hatte ihn in den Backofen geschoben und dort vergessen. Nachdem Elena die Fenster geöffnet und sich der Qualm aus der Wohnung verzogen hatte, entdeckte sie ihre Großmutter im Innenhof des Wohnblockes auf einer Bank sitzend. Rhythmisch wippte sie mit ihrem Körper vor und zurück und murmelte unverständliche Worte. Nach diesem Ereignis war die Unterbringung Mameles in einem Altenwohnheim unvermeidbar.

»Du wirst recht haben. Ich sollte die Heimleitung informieren. Weißt du, Jana, manchmal wünsche ich ...« Elena stockte und wollte den Satz nicht vollenden. Allein der Gedanke an Großmutters Tod trieb ihr die Tränen in die Augen.

Jana wusste auch so, was Elena nicht auszusprechen vermochte. Zärtlich drückte sie ihre Freundin an sich. In all den Jahren ihrer tiefen Freundschaft bedurfte es keiner großen Worte oder Erklärungen.

»Gott wird sie heimholen, wenn ihre Zeit gekommen ist«, sagte Jana mit sanfter Stimme. »Erinnere dich an die Worte meines Vaters. Erst wenn deine Aufgabe hier auf der Erde erfüllt ist, kannst du sterben. Wann der Zeitpunkt da ist, ob mit vierzig, mit sechzig oder mit hundert Jahren ... das weiß niemand.«

Jedes Mal, wenn Jana von ihrem Vater sprach, spürte Elena einen Stich in ihrer Brust. Der Schmerz oder war es mehr der Ärger darüber, ihren eigenen Vater nie gekannt zu haben, traf sie immer wieder von Neuem. Auch wenn Mutter und auch Großmutter kein gutes Haar an ihm ließen, da er sich eines Nachts auf und davon gemacht hatte ... in diesen Momenten fehlte er ihr besonders.

Warschau 2003 (Elena)

Völlig aufgelöst hastete Elena nach der Arbeit nach Hause. Es war kurz vor sieben Uhr abends an einem herrlich warmen Sommertag. Warschau zeigte sich von seiner besten Seite und in der Fußgängerzone der Altstadt, dem historischen Zentrum, reihte sich ein besetztes Kaffeehaustischchen an das andere. Die Leute schienen gut gelaunt und strahlten mit der nun untergehenden Sonne um die Wette. Ein Sprachengewirr tönte über den Hauptplatz mit all seinen farbenprächtigen Bürgerhäusern, an deren Fassaden Fahnen mit dem polnischen Adler und der Warschauer Seejungfer im Abendwind wehten.

Das Volk war stolz auf seine geschichtsträchtigen Plätze und der für das kommende Jahr anberaumte EU-Beitritt Polens würde den Tourismus noch weiter stärken. Bereits jetzt schob sich ein nicht enden wollender Menschenstrom über kopfsteingepflasterte Straßen den vielen Sehenswürdigkeiten entgegen. Der Wetterbericht für die nächsten Tage prophezeite eine Kaltfront und so wollten die letzten warmen Stunden im Freien genutzt werden.

In leichter, sommerlicher Kleidung schlenderten die Schaulustigen über den Schlossplatz, in dessen Mitte die Sigismundssäule mächtig emporragte. Seit Jahrhunderten wachte hier in luftiger Höhe Sigismund III. über sein Volk. Ungeachtet der Geschichte richtet der König seit jeher seinen Säbel und das Kreuz kraftvoll und selbstbewusst gegen den Himmel. Alle Welt sollte die in der Vergangenheit häufig von Elend und Leid geplagte Stadt als kulturelles Zentrum Polens wahrnehmen.

Elenas Wohnung befand sich im Süden der Stadt. Vom genüsslichen Treiben entlang der mondänen Flaniermeilen im Zentrum war hier wenig zu spüren. Natolin war gekennzeichnet durch kalte, schmucklose Häusersilos, die blockartig das Straßenbild prägten. Kein Anblick, der das Auge erfreute, jedoch boten die Betonbunker zumindest Tausenden ein Dach über dem Kopf. Der Bezirk war alles andere als ein vorzeigbares Schmuckkästchen, doch war er durch seine Nähe zum angrenzenden Park und dem darin angesiedelten Europakollegs eine beliebte Wohngegend.

Elena bewohnte eine Dreizimmerwohnung. Dreiundsechzig Quadratmeter mit einem Balkon der gerade groß genug war, um einen kleinen Tisch und einen Stuhl unterzubringen. Allerdings war er nach Südwesten ausgerichtet und der Blick auf den Park entschädigte für manch fehlenden Meter. Elena stand häufig hier am Geländer und blickte auf das weite Grün. Sie mochte diese Gegend und war zufrieden mit dem Wenigen, das sie hatte. Die Kowalskis waren von jeher bescheiden. Eine Tugend, die Mamele auch ihrer Enkelin mitgegeben hatte.

Elena war 1982 zur Welt gekommen. In einer Zeit des Aufbruchs und der Revolte. Die polnische Regierung hatte ein Jahr zuvor das Kriegsrecht verhängt, nachdem der Gewerkschaftsbund Solidarnosc ins Leben gerufen worden war. Doch all das streifte die Kowalskis kaum. Sie hatten mit weitaus Größerem zu kämpfen. Elenas Mutter war an Krebs erkrankt, und die Sorge um sie ließ die Weltpolitik mit Jaruzelskis Wahnsinn und Walesas Visionen in den Hintergrund treten. Einem Paukenschlag gleich hatte das Schicksal die Familie damals getroffen. Nahezu zeitgleich mit Elenas drittem Geburtstag war die Geschwulst in der Brust ihrer Mutter festgestellt worden. Leid, Schmerz und viele Krankenhausaufenthalte folgten, sodass für das Kind weder Zeit noch Kraft blieb.

Als Elenas Mutter 1987 starb, war ihre Großmutter schon lange in die Mutterrolle geschlüpft und der Mittelpunkt in Elenas Leben geworden. Später einmal würde Elena von einer bewegten, aber letztlich doch glücklichen Kindheit sprechen, die erst durch die demenzielle Erkrankung ihrer Großmutter und der notwendig gewordenen Einlieferung ins Altenwohnheim erschüttert worden war.

Der plötzliche Tod Mameles war Fluch und Segen zugleich. Eines Abends im November 2002 war sie zu Bett gegangen und nicht mehr erwacht. Zurück blieb eine kleine Blechdose, die der Direktor des Altenwohnheims Elena ausgehändigt hatte. Mit Tränen in den Augen nahm sie den Behälter an sich, der kaum größer war als eine Schuhschachtel. Er enthielt Großmutters Habseligkeiten. Alles, was ihr lieb und teuer war. Elena nahm Großmutters Sachen in ihre Obhut, und ohne es zu erkennen, hatte sie auch ihre persönliche Fröhlichkeit und ihren ganzen Lebensmut mit in die Schuhschachtel gepackt. Es folgten Jahre der Eintönigkeit und der Lustlosigkeit. Bis zu jenem herrlichen Sommertag, an dem ihr Leben eine dramatische Wende erfahren sollte.

Sie drehte den Schlüssel zweimal um seine Achse und hörte, wie sich der Riegel in den Türbeschlag hineinschob. Zugleich legte sie den Nachtschieber um, der an allen Türschlössern in ihrer Wohnung zu finden war und von Hand betätigt werden konnte. Elena lebte allein, und aus Angst vor ungebetenen Besuchern war es nur natürlich, dass sie die Tür absperrte. Allerdings betraf dieses Ritual nicht nur die Eingangstür. Es glich einem ungeschriebenen Gesetz, egal ob die Tür in ein Haus, in eine Wohnung oder nur in ein Zimmer führte. Sie hatte versperrt zu sein. Großmutter Kowalski hatte darüber mit großer Sorgfalt gewacht. Seit Elena denken konnte, war das so.

Selbst nach Mameles Ableben hatte sich daran nichts geändert, und die Frage nach dem Warum blieb allgegenwärtig. Wie auch nach Großmutters erhobenem Zeigefinger und ihrem ängstlichen Gesichtsausdruck, der Zeichen ernster Sorge war. Als Kind hatte Elena die Bedenken und die Angst ihrer Oma nie verstanden, ebenso wenig waren ihr jene Männer bekannt, die Mamele in diesem Zusammenhang stets erwähnt hatte und vor denen man sich in Acht nehmen musste.

Elena stellte ihre Handtasche ab und ging durch den Wohnraum in das Badezimmer, das klein und fensterlos im hinteren Teil der Wohnung lag. Es maß zwei mal drei Meter. Den Boden bedeckte grauer Estrich, in dessen abgesenkter Mitte der Abfluss eingelassen war. Eine weiße Badewanne stand hinter der Tür. Die Emailbeschichtung war an den Rändern und am Boden größtenteils abgeplatzt. Ein kleines halbrundes Waschbecken hing an der gegenüberliegenden Wand. Gleich daneben fand sich Platz für das WC.

Sie verriegelte auch die Badezimmertür, zog den Schlüssel ab und legte ihn auf die Ablage über dem Waschtisch. Sie wollte sichergehen, nicht gestört zu werden. Das Rohr mit dem Duschkopf, das über der Wanne aus der Wand ragte, war matt und rostig. Elena drehte am Wasserhahn. Ein schwacher Strahl plätscherte aus dem Brausekopf. Der Kalk hatte der Zuleitung stark zugesetzt. Elena zog sich aus und stellte sich nackt in die Wanne. Sie war 21 Jahre alt, hatte blondes schulterlanges Haar, einen schlanken Oberkörper und einen flachen, durchtrainierten Bauch. Ihre Beine waren ihrer Meinung nach etwas zu kurz geraten und an den Oberschenkeln zu muskulös. Ihre Brüste hingegen gefielen ihr. Sie waren voll und fest. Elena war zufrieden mit ihrem Äußeren, auch wenn sie gerne zehn Zentimeter größer gewesen wäre. Sie wendete den Kopf nach allen Seiten und strich mit der Hand über ihre weiche Haut. Sie sehnte sich nach ihm. Wollte ihn haben. Ohne Wenn und Aber. Durch ihn würde sie endlich zur Frau werden und ihr ungeliebtes Mädchendasein ablegen können. Sie war fest entschlossen. Er sollte Gefallen an ihr finden. Das Rasiermesser lag griffbereit auf dem Wannenrand.

Sie hatte den Mann auf ihrer Arbeitsstelle kennengelernt. Es war vor zwei Wochen an einem späten

Nachmittag gewesen. Kurz bevor der Supermarkt seine Türen geschlossen hatte. Sie saß an der Registrierkasse, wie sie es seit nunmehr fünf Jahren tat, und freute sich auf ihren Dienstschluss. In wenigen Minuten würde sie ihren Platz räumen, die Geldschatulle in der Zentral-kassa abgeben, in der Umkleidekabine ihren Arbeits-mantel ablegen und in den wohlverdienten Feierabend verschwinden. Sie hörte ihn lachen. Es war das Erste, das sie an ihm wahrnahm. Sein Lachen. Ein herzhaftes, unverstelltes Lachen, das zum Mitmachen animierte. Sie hatte gerade einer Kundin das Wechselgeld ausge-händigt, als sie es hinter ihrem Rücken vernahm. Sie drehte sich um und sah ihn am Regal vor den Wasch-und Toilettenartikeln stehen. Groß, schlank, mit kurzen dunklen Haaren. Er freute sich über einen Gegenstand, den sie von ihrem Platz aus nicht ausmachen konnte. Gelacht wurde wenig in ihrem Beruf. Weder von ihr noch von ihren Kolleginnen. Umso mehr freute sie sich jetzt mit diesem Unbekannten.

Um wie viel leichter doch alles gehen würde, dachte sie sich, und beschloss, fortan die Waren mit einem Lächeln über den Scanner zu ziehen. Mehl, Milch, Brot, Salz, Kartoffeln. Mit übermäßiger Freundlichkeit und einem reichlich übertriebenen Grinsen im Gesicht reichte sie der Kundin den Beleg, die eher verstört als vergnügt zurückblickte. Obendrein dürfte die ältere

Dame auch noch schwerhörig gewesen sein, denn es schien, als hätte sie den zu zahlenden Betrag nicht verstanden.

»46 Zloty«, wiederholte Elena. Diesmal lauter und deutlicher. Sie dachte darüber nach, ob sie später einmal den gleichen Weg zu gehen hätte, während sie dieser Frau nachschaute. Als sie sich zur nächsten Kundschaft umdrehte, stand er plötzlich vor ihr. Ihre Blicke trafen sich. Einen Wimpernschlag lang, doch schien es, als würde die Zeit stehen bleiben.

»Habe ich zu Hause vergessen.« Ein Lachen und das Schwenken einer blauen Zahnbürste holten Elena wieder in die Realität zurück.

»Irgendetwas vergisst man immer. Das macht 8 Zloty.«

»Oh, Sie sprechen Deutsch. Was bin ich nur für ein Glückspilz, denn mein Polnisch ist mehr als schlecht.«

»Mein Großvater war Deutscher und so wurde ab und an auch Deutsch gesprochen. Ein wenig davon ist hängen geblieben. Nicht sehr viel. Allerdings nutze ich jede Gelegenheit, die sich mir bietet«, fuhr sie mit gedämpfter Stimme fort. »Das Deutsche ist bei uns immer noch nicht gern gehört.«

»Das kann ich mir denken. Umso mehr muss ich mich bei Ihnen für ihr sprachliches Entgegenkommen bedanken.«

Er reichte ihr einen Zehn-Zloty-Schein und gab mit einer abwehrenden Hand zu verstehen, dass das Wechselgeld ihr gehörte. Eine Melodie vor sich her summend verließ er den Supermarkt. Elena blickte ihm verklärt nach.

Weder am nächsten noch am übernächsten Tage war der Mann wiedergekommen. Erst am Freitagabend tauchte er wieder auf.

Sie hatte ihn bereits am ersten Abend geküsst.

Er hatte vor dem Geschäft auf sie gewartet. Mit einer Zigarette im Mundwinkel lehnte er am Brunnenrand, hatte noch zweimal tief inhaliert, bevor er den Glimmstängel zu Boden warf. Elena stand nicht auf diese Macho-Allüren. Sie verabscheute sie sogar und doch übte dieser Mann einen ungewöhnlichen Reiz auf sie aus, dem sie sich nicht entziehen konnte. Es war das Selbstbewusstsein, von dem dieser Mann so viel und sie rein gar nichts zu haben schien, das sie faszinierte und das sie in seinen Bann zog. Was wollte er nur von ihr? Sie, ein Mauerblümchen, zart und weiß, unschuldig und unerfahren. Noch konnte sie Reißaus nehmen, konnte noch einmal in das Geschäft zurückgehen und durch den Hinterausgang hinausschlüpfen. Elena hielt inne, drehte sich nach links, drehte sich nach rechts, als er plötzlich auf sie zukam und sie anlächelte, als würden sie sich schon eine Ewigkeit kennen.

Er hätte einen Bärenhunger und wollte diesen in der Gesellschaft einer hübschen Frau stillen. Wie ein Pfau baute er sich vor ihr auf, rieb sich die Hände und bot ihr seinen Arm. Elena war beeindruckt und verlegen zugleich. Sie spürte die Röte, die ihr in die Wangen schoss. Essenseinladungen gehörten nicht zu ihrem Alltag, und schon gar nicht, wenn sie von einem Mann ausgesprochen wurden.

Elenas letzter Männerkontakt, ihr bisher einziger, lag Jahre zurück. Großmutter war mehr als verwundert gewesen, als ein Arbeitskollege ihrer Enkelin vor der Tür gestanden und sie zum Kinobesuch abgeholt hatte. Dreimal hatte es Micha aus der Gemüseabteilung bei Elena probiert – beim letzten Versuch wollte er nichts dem Zufall überlassen und war mit schweren Geschützen aufgetaucht –, doch weder die Süßigkeiten noch die Blumen konnten Elena zu einer engeren Beziehung animieren und so war er unverrichteter Dinge wieder von dannen gezogen. Das war drei Jahren her.

Er hieß Andreas. Andreas Hermann. Doch niemand rief ihn bei seinem ganzen Vornamen. Seitdem er denken konnte, hörte er nur die Kurzform. Für seine Eltern, seine Freunde, bei der Arbeit oder in der Freizeit. Für alle war er immer nur der Andi, nie der Andreas, obwohl ihm Letzteres weitaus besser gefiel. Darum betonte er seinen Namen so sehr und stellte sich immer mit »Andreas, Andreas Hermann« vor.

»Ich bin Österreicher«, fuhr er fort, als sie Seite an Seite die Straße entlanggingen und auf eine nahe gelegene Pizzeria zusteuerten. »Genau genommen bin ich Wiener und erst in zweiter Linie Österreicher«, korrigierte er sich und bot ihr, nachdem sie das Lokal betreten hatten, einen Platz am Fenster an. Er ermahnte sich, langsam und hochdeutsch zu sprechen und bat Elena, ihn darauf aufmerksam zu machen, wenn er zu hastig wurde oder aber zu sehr in den Dialekt abdriftete. Er sei am Europakolleg, teilte er ihr mit und, gewollt oder ungewollt, ein Hauch von Arroganz unterstrich diese Aussage.

Elena verkrampfte sich augenblicklich. Sie wusste nicht viel über dieses College. Nur so viel, dass der Campus Anfang der 1990er-Jahre gegründet und seinen Sitz in den Parkanlagen Natolins unweit ihrer Wohnung hatte. Ein College ausschließlich für Elitekinder. Die Sprösslinge der obersten Politriege. Hier zählten Geld und Macht. Egal ob vor oder hinter diesen ehrwürdigen Mauern. Wer an diesem Kolleg promovierte, war kein Irgendwer, und würde kaum darauf erpicht sein, Kontakt mit einer einfachen Verkäuferin zu pflegen. Schlagartig war die Freude aus ihrem Gesicht gewichen. Zwei Welten prallten hier aufeinander, die nie und nimmer zusammenpassen würden.

Elena griff zur Seife, die mit dem Duft von Rosenblüten versetzt war, und verteilte den Schaum auf ihrem Körper. In Gedanken war es seine Hand, die langsam über ihre Haut strich. Zärtlich über ihre Brüste fuhr, über den Arm zur Schulter, dann den Hals hinauf, um wieder zielstrebig zu ihren Brustwarzen zurückzukehren. Mit gekonnten Bewegungen spielte sie an ihnen, verharrte ein wenig, umkreiste und reizte sie, bis sie sich erregt aufrichteten. Ein kleiner Laut entwich ihrem Mund und ein Schauer fuhr durch den Körper.

Langsam strich die Hand ihren flachen Bauch entlang. Noch immer war es in Gedanken seine Hand, die sich kundig ihren Weg nach unten bahnte, dem kleinen behaarten Dreieck zwischen ihren Schenkeln zu. Keuchende Atemgeräusche begleiteten die Bewegungen ihrer Hand, die in rhythmischem, immer heftiger werdendem Auf und Ab an ihrer Scham entlangfuhr. Schließlich spürte sie den Finger in sie eintauchen, der sie zärtlich, lustvoll, heftig stoßend und sanft streichelnd zum Höhepunkt trieb. Vor Ekstase bebend sackte sie in der Wanne zusammen.

Als hätte Andreas ihre Gedankengänge erraten, erhob er korrigierend seine Stimme: »Hey, ich glaube, da liegt ein großes Missverständnis vor. Ich studiere hier nicht. Um Himmels willen. Gott bewahre. Das ist nichts für mich. Ich bin Journalist. Verstehst du? Ich bin Reporter bei einer Zeitung. Mein Auftrag ist es, einen Bericht über diese sogenannte ‚Kaderschmiede der europäischen Politik‘ zu verfassen.«

Das Lachen kehrte in Elenas Gesicht zurück und er glaubte, damit die Unstimmigkeit bereinigt zu haben, als das Klingeln seines Handys die Unterhaltung abermals störte. Er kannte den Klingelton und unterdrückter den Anruf. Er hatte keine Lust, jetzt Rede und Antwort zu stehen. Viel mehr wollte er von sich erzählen. Er begann mit seiner Jugend in Wien, als erneut das Handy in seiner Tasche vibrierte.

»Was für ein lästiger Teufel. Verzeih, aber wenn ich mich jetzt nicht melde, wird das den ganzen Abend so weitergehen.« Mit einer entschuldigenden Handbewegung erhob er sich und verließ hastig das Restaurant. Elena blickte ihm nach, und ohne ihr Gefühl näher benennen zu können, brachte irgendetwas an diesem Mann ihre Alarmglocken zum Schrillen. Sie konnte es nicht erklären, doch verkrampfte sich augenblicklich etwas in ihr. Das Gefühl dauerte nur Sekunden. Auch in den nächsten Tagen kehrte es jeweils für einen Wimpernschlag zurück, wurde allerdings sogleich von dem unbändigen Wunsch, diesem Mann zu gehören, achtlos beiseitegeschoben. Das Glück würde nicht ein zweites Mal bei ihr anklopfen, dachte sie sich. Sie wusste dies bereits an ihrem ersten gemeinsamen Abend. Sie musste zugreifen, jetzt oder nie. Koste es, was es wolle. Und sie wollte diesen Mann. Mehr als alles andere auf dieser Welt. Das eigenartige Gefühl wurde bedeutungslos.

Als Sohn eines Installateurs und einer Lebensmittel-verkäuferin war Andreas Hermann 1980 in Wien zur Welt gekommen. Zwischen dem Donaustrom und dem Donaukanal, einem künstlich angelegten Wasser-lauf, der sich durch Wien schlängelt und die Stadt vor Überschwemmungen schützen soll, hatte er hier, in der Brigittenau, dem 20. Gemeindebezirk, seine Kindheit verbracht. Unspektakuläre Jahre in einer unspektaku-lären Familie.

Als Einzelkind bei zwei berufstätigen Elternteilen war Andreas früh auf sich allein gestellt. Allerdings war er ein intelligenter und wissbegieriger Kerl, der sich beim Lernen leicht tat und die Schulzeit ohne größeres Problem hinter sich brachte. Seinem Traum ganz nah, stand er kurz vor dem Beginn seines Jurastudiums, als sein Vater plötzlich starb. Andreas war achtzehn, als ihn der Schicksalsschlag erbarmungslos traf. Rudolf Her-mann war auf dem Weg zur Arbeit gewesen, als er mit-ten auf der Straße zusammenbrach. Ein Herzinfarkt, so vermuteten Arbeitskollegen, in deren Gegenwart er immer wieder über bohrende Brustschmerzen geklagt hatte. Eine Obduktion konnte diesen Verdacht nicht bestätigen. Letzten Endes blieb die Todesursache unklar und war für den Rest der Familie Hermann auch völlig unerheblich.

Hingegen waren die Auswirkungen von Rudolf Hermanns Ableben alles andere als belanglos. Sein Tod änderte alles. Grundlegend. Noch Jahre später sollte Andreas die Schuld für sein missratenes Leben bei seinem Vater, viel mehr beim Tod seines Erzeugers suchen. Hermine Hermann war ihrem Sohn in dieser schweren Zeit keine Stütze. Von klein auf war das Verhältnis zu seiner Mutter kein gutes gewesen. Einen Grund dafür konnte Andreas nie nennen. Er suchte auch keinen. Die erhoffte und von der Mutter so sehr gewünschte Besserung ihrer Beziehung zueinander trat auch nach Rudolfs Tod nicht ein.

Andreas zog mit achtzehn Jahren aus der elterlichen Wohnung aus, verwarf seinen Traum von einer Karriere als erfolgreicher Anwalt und hielt sich mit Gelegenheitsjobs mehr schlecht als recht über Wasser. Auf längere Arbeitsverhältnisse konnte er nicht zurückblicken. Der Ehrgeiz und die Gewissenhaftigkeit waren vollkommen aus seinem Leben gewichen. Stattdessen hatten Gleichgültigkeit und Rücksichtslosigkeit Einzug gehalten, sodass er nie lange in einer Firma geduldet wurde. Oftmals war es allerdings der Alkohol, dem er in den darauffolgenden Jahren mehr und mehr zusprach, der zum Bruch mit seinen Vorgesetzten führte. Doch vor drei Jahren, er war wieder einmal arbeitslos gewesen und im Begriff, seine Sinnhaftigkeit auf dieser Welt im Rausch zu suchen, sprach ihn ein Mann im Nadelstreif an. Die Firma, wie er seine neue Arbeitsstelle zu nennen pflegte, nahm ihn auf und er war dankbar, dazuzugehören. Er war ein Teil von ihnen. Ein Segen, wie er glaubte.

»Andreas, der Mann hier wartet auf eine Antwort von dir.« Elena rüttelte an Andreas' Arm. Das Telefonat umgarnte noch immer seine Gedankengänge, und für einen kurzen Moment wusste er nicht, wo er sich befand. »Sie erfüllt sämtliche Voraussetzungen«, hatte er halblaut vor sich hingesagt, als Elena ihn abermals stupste und ihn endgültig vom vermeintlichen Handygespräch in die Pizzeria zurückholte, die den Ruf hatte, Warschaus beste zu sein.

»Deine Bestellung. Der Kellner will wissen, was du essen möchtest.«

»Oh! Verzeihen Sie. Ich hätte gerne eine Margherita. Schlicht und einfach. Nur mit Tomatensoße und Käse.«

Als der Kellner die Bestellung aufgenommen hatte, passierte es. Andreas nahm ihre Hand, die am Tischrand ruhte. »Wahrlich, du erfüllst sämtliche meiner

Vorstellungen.« Geschmeichelt von seinen Worten ließ sie ihn gewähren, ihre blonde Haarsträhne, die ihr ins Gesicht gefallen war, hinter ihr Ohr zu streichen.

»Ich kenne deine Vorstellungen nicht und weiß demnach auch nicht, was alles ich erfülle«, gab Elena zur Antwort, lächelte ihn an, beugte sich zu ihm über den Tisch und küsste ihn auf den Mund. Andreas erwiderte ihren Kuss und ließ seine Zunge langsam in ihren Mund gleiten.

Die Heftigkeit des Orgasmus war ihr bis zu diesem Augenblick unbekannt gewesen. Auch wenn sie schon früher Hand an sich gelegt hatte, das Gefühl, das sie hier und jetzt unter der Dusche verspürte, war ihr neu. Erschöpft hielt sie sich am Wannenrand fest und keuchte. Die letzten Zuckungen ihres Körpers verebbten. Im Bett liegend wäre sie wohl in einen sanften Schlummer gefallen.

In Gedanken sah sie Andreas, wie er über ihr lag. Elena spürte das Wasser, das immer noch an ihrem Körper herunterrann. Die Seife, die nach Rosen duftete, glitt langsam zwischen ihre Beine. Mit viel Schaum würde es besser gehen, hatte sie gelesen und griff sich das Rasiermesser. Behutsam schabte sie mit der Klinge an ihrer Scham entlang. Sie wollte sich nicht verletzen. Sie wollte nichts verbergen. Nackt und aufreizend wollte sie ihm gegenübertreten. Er sollte Gefallen an ihr finden.

***

Sie trafen sich beinahe täglich. Wie am ersten Abend stand Andreas jedes Mal am Brunnen und wartete, bis der Supermarkt seine Tore schloss. Nur die Zigarette, die er noch bei ihrem ersten Treffen halb zu Ende geraucht lässig auf den Boden geworfen hatte, war inzwischen gegen Blumen ausgetauscht worden. Heute hielt er eine rosa Nelke in die Höhe und winkte ihr zu, sobald sie aus dem Geschäft trat. Gleich nach ihrem ersten Kuss hatte Elena ihm zu verstehen gegeben, dass sie nikotingetränkte Küsse ekelig fand.

Auch wenn sie ihn nicht direkt darauf angesprochen hatte, so dürfte wohl ihr Gesicht Bände gesprochen haben. Andreas wollte sein Laster nicht vollends aufgeben, doch er reduzierte er es auf wenige Gelegenheiten. Elena hingegen genoss seinen Spleen mit den Blumen und war jeden Tag aufs Neue gespannt, welche es wohl sein würde. Mal war es eine rote Rose, mal eine gelbe oder weiße. Mal eine Tulpe. Mal war sie langstielig, mal so klein, dass sie im Knopfloch ihrer Bluse Platz fand. Nie glich die Blüte, mit der Andreas sie erwartete, der vom Vortag.

Es waren Wonnewochen, die Elena im Sommer 2003 erleben durfte. Sie konnte ihr Glück kaum fassen und fürchtete stündlich, dass der Zug, den sie mit Andreas bestiegen hatte und der mit ihnen dahinratterte, plötzlich entgleisen würde. Doch Stunde um Stunde, Tag um Tag, Woche um Woche verging, ihre Zugfahrt währte fort. Niemand kam, klopfte an die Tür, mahnte zum Aussteigen oder stellte die Weiche, um die Zugrichtung zu ändern.

Lediglich Jana konnte sich nicht so recht an Elenas Glück erfreuen. Sie mochte Andreas Hermann nicht. Einen triftigen Grund dafür konnte sie nicht nennen. Irgendwie fand sie, er würde nicht zu Elena passen, und außerdem war ihr die Art ihres Kennenlernens und auch der von Elena berichtete weitere Verlauf dieser Geschichte eigenartig und suspekt erschienen. Beinahe unwirklich.

Ein wildfremder Mann, noch dazu ein Pressemann aus dem Ausland, spricht im Supermarkt eine Kassiererin an. Dann ist für zwei Tage Funkstille, bis er plötzlich wieder auf der Matte steht und sie, als wäre es das Selbstverständlichste auf der Welt, zum Essen einlädt. Die beiden verlieben sich, heiraten, ziehen zwei Kinder groß und leben bis zu ihrem Tode in vollkommener Zufriedenheit. Ende des Hollywood-Schinkens.

Vergeblich suchte Jana nach der Kamera und dem

Regisseur, der, ob des miesen Drehbuches verzweifelt sich seine grauen Haare raufend, auf seinem fahrbaren Untersatz jede Szene filmte und dabei nach der besten Einstellung suchte. All das kam Jana nicht real vor. Nur konnte sie ihr Empfinden nicht laut kundtun. Wollte es auch nicht, denn das hätte wohl ihre langjährige Freundschaft zu Elena schlagartig beendet.

Sie hatte Elenas bösen Blick noch deutlich vor Augen, als sie ihr Andreas vorstellte und sie, Jana, ihm Frage auf Frage gestellt und jede seiner Bewegungen genauestens observiert hatte. Elena war damals mit Andreas in der Bar vorbeigekommen, in der Jana jobbte. Die Bar war noch geschlossen, darum ergab sich Zeit für ein gegenseitiges Kennenlernen. Das erste Treffen verlief wenig harmonisch und war auch nicht von langer Dauer gewesen. Keiner von den dreien hatte sich in der Runde wohlgefühlt. Nach kaum einer halben Stunde verabschiedete sich das turtelnde Pärchen wieder, allerdings nicht, ohne Jana entrüstet deren peinliches Verhalten vorzuwerfen.

»Was sollte das werden? Ein Verhör?«

Die Anklage sollte Jana noch viele Monate den Schlaf rauben.

Jana und Elena kannten sich seit ihrer frühsten Kindheit. Eine Sandkistenfreundschaft sozusagen, doch

Kinderspielplätze gab es in Warschau kaum, und von Sandkisten konnte gar nicht die Rede sein. Die wenigen öffentlichen Plätze der Hauptstadt dienten als Parkanlagen und waren mit wenig schmückenden Blumenbeeten oder unbedeutenden Denkmälern meist russischer Patrioten ausgestattet. Verfügte man über eine kleine private Grünfläche – dieses Privileg traf eigentlich nur auf eine kleine wohlhabende Schicht zu –, so wurde diese zum Anbau von Lebensmitteln genutzt. Die Güter in den Warenhäusern im Osten, also jenseits des Eisernen Vorhangs, der die europäischen Westmächte von den russisch dominierten Staaten trennte, ließen zu wünschen übrig. Spielflächen für Kinder waren Luxus, die nicht gebraucht wurden, zumal die Straße oder kahle Hinterhöfe diesem Zweck bestens nachkamen.

War Elena Kowalskis Jugend von zahlreichen Schicksalsschlägen gezeichnet, allen voran der Tod ihrer Mutter und mehr noch der ihrer Großmutter, war Jana Nowaks Kindheit nicht weniger dramatisch verlaufen. Obwohl ihr Geburtsjahr und auch ihr Wohnort nicht die gleichen waren, so wiesen ihrer beider Leben doch einige Parallelen auf.

Zwei Jahre älter als Elena erblickte Jana Nowak in einer von dichtem Schneefall beherrschten Winternacht 1980 in Lublin das Licht der Welt. Keine zwei

Autostunden südöstlich von Warschau, der ukrainischen Grenze zugewandt. Mit Martinshorn und Blaulicht jagte der klapprige Ambulanzwagen damals durch das nächtliche Lublin.

Janas Geburt war um einige Wochen zu früh. Präzise Angaben zur Schwangerschaftswoche fehlten, da Nadia Nowak bezüglich ihrer letzten Regelblutung kein genaues Datum angeben konnte. Den Berechnungen der Frauenärzte zufolge befand sie sich jedoch erst in der 36. Woche, als ihre Fruchtblase platzte und die Geburt mangels fehlender Wehen eingeleitet werden musste.

Jana wog gerade mal zwei Kilo, als sie am 7. Dezember kurz nach Mitternacht um 0:25 Uhr ihren ersten Schrei tat. Zaghaft war er gewesen. Wochenlang bangten die Ärzte und die Eltern um das junge Leben. Einem Wunder gleich überstand Jana die ersten Monate ohne größere Zwischenfälle. Sie nahm an Gewicht zu und entwickelte sich wider Erwarten zu einem kräftigen gesunden Mädchen.

Das Aufwachsen ohne Vater war beiden Kindern nicht unbekannt. Während Elenas Erzeuger sich eines Nachts ohne Ankündigung spurlos aus der Familie und somit auch aus ihrem Leben geschlichen hatte – Elena hatte keinerlei Erinnerung an ihn –, so war Janas Vater zwar zugegen, allerdings verbrachte er die letzten Jahre seines Lebens hinter Gittern.

Es war 1980, als die Aufstände in und rund um Lublin begannen und wenige Demonstranten die polnische Bevölkerung auf die immer unerträglicher werdenden Missstände in ihrem Land aufmerksam zu machen versuchten. Auslöser der Krawalle waren die Olympischen Spiele in Moskau, die weder vom Westen noch von sowjetnahen Staaten wie Polen gutgeheißen wurden. Die Welt blickte damals gespannt und voller Erwartung nach Russland, das den Zuschlag für die Austragung der Sommerspiele 1980 erhalten hatte.

Der Umgang mit den Menschenrechten warf seit Jahren dunkle Schatten auf das Regime, der Einmarsch in Afghanistan jedoch reizte die Weltpolitik auf das Schärfste. Man rief zum allgemeinen Boykott der Spiele auf. Moskau hingegen wollte in strahlendem Licht erscheinen. Weder Armut noch Verfall sollte dem Ausland und vor allem den westlichen Medien präsentiert werden, sodass alles Verfügbare an Materialien aus den Beitrittsländern nach Moskau gebracht wurde. Es war in jenem Sommer, Anfang Juli, kurz vor Beginn der Spiele, als ein polnischer Eisenbahnarbeiter Geschichte schrieb. Er kontrollierte, wo er nicht kontrollieren sollte, und brachte so den über Jahrzehnte aufgestauten Hass auf den Kommunismus der UdSSR ins Rollen.

Eine Waggonladung feinsten Schinkens, deklariert als Anstrichfarbe für Moskauer Häuserfassaden, war der

Beginn einer Revolte, die nach Jahren des Kampfes und der Annäherung die russische Vorherrschaft in Polen und letztendlich im Ostblock zu Fall brachte. Der Betrug führte zu Massendemonstrationen, die sich bald über ganz Polen erstrecken und in der Danziger Werft ihren Höhepunkt erfahren sollten.

Jakub Novak war nicht jener Bahnarbeiter, allerdings folgte er dem Aufruf der Demonstranten und ging auf die Straße. Nadia Novak wunderte sich über den plötzlichen Eifer ihres Mannes und verstand die Zusammenhänge nicht recht. Ihr Gatte war doch Fleischer und hatte weder mit der Bahn noch mit der Gewerkschaft etwas zu tun. Trotzdem erhielt er ihre volle Unterstützung. Niemand konnte damit rechnen, dass wenige Tage nach Beginn der Unruhen Staatschef Wojciech Jaruzelski das Kriegsrecht über Polen verhängte und durch militärischen Einsatz etliche der Demonstrationen ein blutiges Ende fanden.

»Das hast du nun von deinem Eifer«, hatte Nadia zu ihrem Mann noch gesagt, der von Berufs wegen nicht untätig bei dem Schinkenskandal hatte zusehen können. »Immerhin geht es doch auch hier um Fleisch«, hatte er lauthals verkündet und sich waghalsig den Demonstranten angeschlossen.

»Du und dein Beruf. Mein lieber Jakub. Wieso hast du nicht Tischler oder Elektriker gelernt, dann wäre

uns das alles erspart geblieben«, sagte sie mit tränen-
überströmtem Gesicht, als sie ihn einen Tag vor seinem
Tode noch in Gefängnislazarett besuchte. Ein gebro-
chenes Bein, das er im Zuge einer Auseinandersetzung
mit der polnischen Miliz davongetragen hatte, begann
zu eitern. Die Infektion erfasste seinen ganzen Körper.
Jakub Novak starb im April 1983. Jana war keine fünf
Monate alt. Sie hatte ihren Vater nie zu Gesicht bekommen.

Es kam das Jahr 1984, das Kriegsrecht war seit einem
Jahr aufgehoben. Das Land duldete unabhängige Ge-
werkschaften, das Streikrecht und freien Zugang zu Mas-
senmedien. Der Sozialismus begann zu bröckeln. Die
Bewegung hatte gewonnen und der Staat die Macht über
das arbeitende Volk verloren. Mutter und Tochter Nowak
verließen Lublin. Schmerzhafte Erinnerungen machten
ein Leben dort unmöglich, sodass sie ihr Hab und Gut
zusammenpackten und sich in Warschau niederließen.
Die Übersiedelung sollte sich als Glücksfall erweisen.
Mutter Nadia Novak fand eine Stelle als Verkäuferin in
einem kleinen Lebensmittelladen und Tochter Jana eine
neue Freundin, die mit ihrer Familie einen Hauseingang
weiter in der Erdgeschosswohnung lebte.

»Vielleicht mach ich mir nur einfach große Sorgen
um dich«, wollte Jana ihrer Freundin nachschreien,

nachdem diese mit Andreas die Bar verlassen hatte, und tat es nicht, denn damit hätte sie nur einen Streit heraufbeschworen, denn sie um jeden Preis vermeiden wollte. Sie kannte Elena zu gut und wusste, dass sie taktisch vorzugehen hatte.

»Eigensinnig wie zu Kindeszeiten«, flüsterte sie. »Stur wie ein Esel, der noch dazu auf beiden Ohren taub ist.« Jana überlegte, was zu tun war. Das Versprechen, das sie Elenas Großmutter hatte geben müssen, kurz bevor jene ins Altenheim eingeliefert worden war, wollte sie auf keinen Fall brechen.

»Weißt du«, hatte Mamele damals zu ihr gesagt und ihr dabei die Hand gedrückt, »bald wird Elena niemanden mehr haben. Ich bin alt und mir schwinden die Sinne.«

Jana entzog ihr den Arm, wollte das alles nicht hören, doch Großmutter Kowalski ließ sich nicht beirren.

»Du, als gute, als ihre einzige Freundin wirst sie auf ihrem Weg begleiten müssen. Du wirst ihr eine Stütze sein. Sie wird dich brauchen, mehr denn je … und du kennst Elena … sie wird es dich nicht wissen lassen. Dazu ist sie zu starrköpfig.«

»Ich werde für sie da sein, wann immer sie mich braucht.«

Jana spürte, dass der Zeitpunkt gekommen war. Nur Elena nahm ihre Hilfe nicht an.

»Warum gönnst du mir mein Glück nicht?«, fuhr Elena ihre Freundin erneut an, die sie auf einen kurzen Besuch zu sich eingeladen hatte. Zwar hatte Jana bei ihren selten gewordenen Treffen es tunlichst vermieden, das Gespräch auf Andreas Hermann zu lenken, doch immer wieder landeten sie eben dort. Die gut gemeinten Bemerkungen und Ratschläge gingen Elena bereits gehörig auf die Nerven. Von klein auf war es Jana gewesen, die alles wusste, die alles besser konnte.

»Schau gut zu, wie es Jana macht. Nimm dir ein Beispiel an Jana. Also diese Jana ... schau, schau.« Wie hatte sie diese ewigen Sätze aus dem Munde von Janas Mutter gehasst. Jede Zurechtweisung wie eine kleine Kerbe in ihrer Seele empfunden. Kam sie hingegen von ihrer Großmutter, was selten, aber doch ab und an vorkam, so waren es keine kleinen Ritzer, sondern tiefe Schnitte, die wochenlang bluteten. Sie konnte die Bevormundungen nicht mehr hören. Elena spürte, wie ihr die Tränen in die Augen schossen. Sie war von Trauer und Wut erfüllt und senkte ihren Blick. Resignierend flüsterte sie, mehr an sich selbst gerichtet: »Sie macht Andreas nur schlecht. Ich verstehe Jana nicht. Sie kennt ihn ja gar nicht.«

Jana merkte, dass sie zu weit gegangen war und wollte ihre Freundin umarmen. Ihr den Beistand liefern, den sie Mamele versprochen hatte. Jana hatte mit ihrer Bemerkung, ob sie, Elena, nun völlig den Verstand verloren habe, den Bogen deutlich überspannt. Aber Elenas Ankündigung, Andreas würde sie gerne mit nach Wien nehmen, war eindeutig zu viel für Jana gewesen. Sie kochte über, spürte ihre Sicherungen durchbrennen. Wie eine Furie ging sie auf Elena los, packte und schüttelte sie mit beiden Armen. Am liebsten hätte sie die Unvernunft mit Schlägen aus ihr herausgeprügelt. Der Bruch war vollzogen. Sie merkte es erst, als es zu spät war.

»Greif mich nicht an! Hörst du! Ich möchte dich nie, nie wieder sehen! Niemals!« Völlig außer sich fauchte Elena sie an. Das Gesicht wutverzerrt, als sei sie vom Teufel besessen.

»Aber ich bin doch …« Das Zufallen der Haustür verschluckte den Rest des Satzes.

»… deine Freundin«, schrie ihr Jana hinterher, doch verhallte ihr Flehen im leeren Treppenhaus. Elena war bereits zur Tür hinaus. Jana überlegte, ob sie ihrer Freundin nachlaufen sollte, doch sie kannte deren Eigensinn und empfand es als sinnlos. Ein Kleinkind konnte nicht trotziger sein. Sie nahm sich vor, morgen noch einmal den Versuch zu unternehmen, mit ihr darüber zu sprechen.

Warschau 2003 (Jana)

Mit fauchenden Geräuschen spuckte die Maschine die letzten Reste aus dem Wasserbehälter durch die Düse. Heißer Dampf entwich, während die braune Flüssigkeit in die Glaskanne tropfte. Ein angenehmer Duft durchzog die Wohnung. Jana liebte den herben Geruch frisch zubereiteten Kaffees. Kein Morgen ohne Koffein. Ein Tässchen davon, dazu Obst und zwei Scheiben Knäckebrot. Ein perfektes Frühstück für einen erfolgreichen Start in jeden neuen Tag. Ihr Motto glich beinahe einem Werbeslogan.

Jana gönnte sich diese Stunde am Morgen, wohl wissend, dass die weiteren Stunden von Stress und Hektik erfüllt sein würden. Heute allerdings fehlte ihr die Muße dazu. Die vergangene Nacht war kurz und ihr Schlaf unruhig gewesen. Gegen sieben Uhr morgens hatte ein Unwohlsein sie geweckt. Das Gefühl, sich übergeben zu müssen, ließ sie immer wieder das Bad aufsuchen. Jana kannte solche Zustände, die sie, einer Migräne ähnlich, ohne jegliche Vorwarnung heimsuchten. Sie kannte auch die möglichen Auslöser nur zu gut. Nikotin, Alkohol, Schokolade, aber auch eine schlaflose

Nacht. Letzteres dürfte wohl diesmal den Anfall aus-
gelöst haben. Die Sorge um ihre Freundin brachte sie
förmlich um den Verstand. Wie ein rastloses Uhrwerk
irrte sie fahrig und planlos in ihrer Wohnung umher.
Ihr Blick ging immer wieder zum Handy auf der Kommode. Es blieb stumm.

Ein einziger Anruf war eingegangen. Um 05:35 Uhr.
Gabriela. Eine alte Schulfreundin und nun Arbeits-
kollegin, die sie seit Monaten an ihren Beziehungs-
problemen mit ihrem Mann teilhaben ließ. Sie konnte
Gabriela gut leiden, nur ging ihr das Desaster mit deren
Mann gehörig auf den Geist. Von Anfang an fand sie
Gabrielas Gatten unsympathisch, sodass sie auch der
Bitte, Trauzeugin zu sein, nur widerwillig zustimmte.
Jana hatte eine besondere Menschenkenntnis. Ihre
Feinfühligkeit ließ sie mitunter tief in die Seelen der
Mitmenschen blicken. Oft tiefer, als es ihr recht war.

Pavel hielt sie für falsch und lieblos und für einen
Weiberhelden, der seine Bedürfnisse nie von nur einer
Frau zu stillen vermochte. Ihr Gefühl sollte ihr recht
geben. Hatte sie anfangs noch als geduldige Zuhörerin
fungiert und Gabriela in ihrem Leid gestützt, so war sie
irgendwann einmal an dem Punkt angelangt, an dem
auch ihre Kraft zu Ende ging und sie das Jammern nicht
mehr mit anhören konnte. Das ewige Hin und Her in
deren Beziehung glich einer Tortur der besonderen Art,

doch schien der Leidensdruck sowohl auf der einen wie auch auf der anderen Seite nicht hoch genug für eine endgültige Trennung. Jana nahm sich vor, ihre Freundin zu einem späteren Zeitpunkt zurückzurufen, zumal sich an deren Geschichten wohl kaum etwas geändert haben dürfte. Jetzt hatte sie andere Sorgen.

Ungeduldig wartete sie auf den erlösenden Rückruf von Elena. Warum gab sie ihr keine Antwort? Sie starrte auf das Telefon. Nichts! Es kam schon vor, dass Elena nicht sofort zurückrief, allerdings war es mittlerweile neun Uhr morgens und ihre Freundin müsste doch die eingehenden Sprachnachrichten bemerkt haben. Zudem sollte sie eigentlich seit eineinhalb Stunden an der Kasse im Einkaufszentrum sitzen. Irgendetwas stimmte nicht. Selbst wenn der Streit von gestern Abend weitaus heftiger verlaufen war als alle bisherigen, ihre Freundschaft durfte doch dadurch nicht zu Bruch gehen. Sie hoffte inständig, dass Elena dies genauso sah. Konnte es sein, dass sie zu weit gegangen war?

Jana ließ nochmals die letzten Stunden Revue passieren. Es war knapp vor Sonnenuntergang gewesen, als Elena wutentbrannt und die Tür knallend ihre Wohnung verlassen hatte. Hätte sie Elena doch nachlaufen und das klärende Gespräch sofort suchen sollen? War sie gestern noch überzeugt davon, dass eine Diskussion mit der erzürnten Elena zu jenem Zeitpunkt sinnlos und kaum von Erfolg gekrönt wäre, so plagten sie nun Gewissensbisse ob ihrer Entscheidung. Andererseits wäre ihr eine längere Aussprache auch zeitlich nicht möglich gewesen, denn sie war in der Bar zum Dienst eingeteilt und ein plötzliches Fernbleiben ein Ding der Unmöglichkeit. Die Nachtbar, in der sie seit fünf Jahren kellnerte, öffnete täglich um acht Uhr abends und schloss, je nach Ansturm der Gäste, gegen drei Uhr früh.

Was sollte sie also tun? Weiterhin sinnlos durch ihre Räume tigern und auf ein Lebenszeichen von Elena warten? In solchen Fällen waren Zeit und Geduld die Zauberwörter, auf die es ankam. Jana hatte weder das eine noch das andere. Voller Verzweiflung wählte sie erneut Elenas Nummer. Der Anruf endete im Nichts.

***

»Bekomme ich jetzt mein Bier oder bedarf es einer schriftlichen Aufforderung?« Der Mann schlug mit der Faust auf den Tresen und gab zu verstehen, dass er nicht gewillt war, noch länger auf sein kühles Helles zu warten.

»Sorry«, sagte Jana, die damit beschäftigt war, eine Anzahl von Gläsern hastig in die Spülmaschine zu stellen, »aber Sie sehen ja, was hier los ist. Sie sind nicht der einzige Gast.«

»Ich sehe eine geile Schlampe, die es nicht zuwege bringt, mir ein Bier zu zapfen.«

Jana war kurz davor, in der gleichen grobschlächtigen Art Kontra zu geben, ließ es allerdings sein. Sie war derartige Ausdrucksweisen gewohnt und hatte über die Jahre gelernt, damit umzugehen. Die klügste Reaktion ist oft, keine zu zeigen, hatte ihr ihre Mutter in solchen Situationen mitunter geraten. Sie hatte lange gebraucht, um Nadia Novaks Lebensweisheit zu verstehen und sie für sich zu verinnerlichen und umzusetzen, selbst wenn sie wusste, dass sie nicht immer zutraf.

Das Gespräch mit Elena lastete wie Blei auf ihren Schultern. Acht Stunden waren seither vergangen. Der Wunsch nach einer Versöhnung war wohl nur einseitig gewesen. Zu heftig war der abendliche Wortwechsel ausgefallen. Jana spürte die emotionale Bürde, war unkonzentriert und das Arbeiten fiel ihr von Stunde zu Stunde schwerer. Der Mann an der Bar hatte nicht unrecht. Unter anderen Umständen wäre ihr das nie passiert, dass ein Gast länger als fünf Minuten auf sein Bier warten musste. Jana war nervlich am Ende.

Mit Schwung stellte sie ihm sein Glas vor die Nase. Das Bier schwappte über und hinterließ einen Rand auf der Tresenplatte.

»Ich habe deine hübsche Nase hier noch nie gesehen. Neu am Platz oder auf der Durchreise?« Jana hatte es sich anders überlegt. Obwohl sie momentan nicht in der Verfassung war, den Grobheiten der Gäste mit aufgesetzter Freundlichkeit zu begegnen, wollte sie die Unverschämtheit dieses Mannes dennoch nicht einfach unkommentiert lassen. Dazu fehlte ihr derzeit auch die nötige Stabilität.

Aber es gab noch einen anderen Grund, der sie zu dieser Reaktion trieb. Der Mann gefiel ihr und sie hoffte, er würde auf ein Gespräch einsteigen. Er war groß, hatte breite, muskulöse Schultern, zumindest soweit es unter der abgetragenen Lederjacke erkennbar war. Er hatte ein ansprechendes Lächeln, und auch wenn das Licht in der Bar schummrig war, seine Augen funkelten und machten sie nervös. Auf einer Art und Weise, die sie nicht benennen konnte, fühlte sie sich zu ihm hingezogen.

Für einen kurzen Augenblick ging die Fantasie mit ihr durch und sie ließ ihren Gedanken freien Lauf. Auch wenn es vorkam, dass sie ab und an flüchtige Männerbekanntschaften mit zu sich nach Hause nahm, die große Liebe war nie dabei gewesen. Elena hatte sie für ihren lockeren Umgang mit der Männerwelt immer getadelt, auch wenn nicht selten der Neid sie dazu anstachelte. Einfach nur den Moment zu leben und ihn zu genießen. Dazu fehlte Elena der Mut.

Ohne Zweifel, der Mann an der Bar gefiel Jana. Sehr

sogar. Ihre letzte feste Beziehung lag eine halbe Ewigkeit zurück. Sie fühlte sich wie ein verdorrtes Blümchen, das nach Zärtlichkeit gierte. Elena würde sich heute ohnehin nicht mehr melden. Was bin ich nur für ein böses Mädchen, dachte sie sich im Stillen. Eben noch als geile Schlampe bezeichnet und nun spinnst du den Faden der Lust einfach weiter.

»Ein Leben lang hinterm Tresen stehen und dich eine Schlampe schimpfen lassen? Ist es das, was du dir für dein Leben wünschst?« Elenas letzte Vorwürfe fielen ihr wieder ein. Sie hatten sie getroffen wie kaum eine Aussage zuvor. Doch der verpasste Keulenschlag war im Moment vergessen.

Sie wusste nicht, wie lange sie so dagestanden hatte. Regungslos und wortlos. Ihre Augen hatten sein Gesicht fixiert, auch seinen Mund, der sie noch vor Kurzem aufs Übelste beleidigt hatte. Ein Wirrwarr an Gedanken kreiste in ihrem Kopf. Elena, dieser Mann, ihr Leben als Barfrau. Vielleicht war es genau das, was sie wollte und was sie brauchte. Auch wenn sie es sich nie eingestehen würde, im Grunde genommen musste sie alle Fragen Elenas mit einem lauten Ja beantworten Ja! Ja! und nochmals Ja! Sie stand auf diese Art von Männern, die cool und lässig an der Bar abhingen und mittels Kraftausdrücken versuchten, ihre eigene Unsicherheit zu überspielen. Ja, das war die Sorte Männer, die Jana reizte, wohl vertrauend darauf, dass sich hinter der harten Schale ein weicher Kern verbarg. Mit einem Lächeln ließ sie es geschehen.

»Jean. Ich heiße Jean.« Er setzte das Glas ab und streckte ihr seine rechte Hand entgegen, mit der er sich gerade eben den Schaum von den Lippen gewischt hatte. »Ich weiß nicht, was in mich gefahren ist. Meine Bemerkung von vorhin tut mir leid. Ist nicht meine Art. Zumindest normalerweise nicht.«

Wortlos fuhr Jana mit ihrer Arbeit fort.

»Du könntest zumindest irgendwie auf meine Entschuldigung reagieren. Sie einfach nur annehmen oder mich auf der Stelle zum Teufel jagen.«

»Ja«, stammelte Jana. Sie wusste nicht, wo ihr der Kopf stand. Das Lokal füllte sich zusehends. Die Leute drängten sich am Tresen, ein jeder wollte so schnell wie möglich bedient werden. »Was meinst du mit Ja? Ja, dass du meine Entschuldigung annimmst oder Ja, dass ich mich zum Teufel scheren soll?« Der Mann zog verwundert die Augenbrauen hoch, griff sich sein Glas und nahm einen langen, kräftigen Schluck.

»Ja bedeutet, dass ich deine Entschuldigung akzeptiere.«

Während sie einen anderen Gast bediente, lugte sie immer wieder verstohlen zu ihm hinüber. Ohne jegliche Hemmung starrte er sie an, und er senkte auch nicht seinen Blick, als sie auf ihn zukam.

»Ich bin gegen drei Uhr mit der Arbeit hier fertig. Wenn du auf mich warten willst, dann vor der Tür. Nicht hier an der Bar. Du machst mich nervös.«

Jana hatte lange überlegt, ob sie sich diesem fremden Mann anvertrauen sollte. In ihrer Verzweiflung tat sie es und erzählte ihm von Elena, deren plötzlichem Verschwinden und von Andreas, diesem widerlichen Mann, den sie nicht mochte. Als sie geendet hatte, drückte Jean sie an sich. »Ich glaube, ich bin zur rechten Zeit hier aufgetaucht. Mir scheint, du brauchst ein wenig Zerstreuung.«

In dieser Nacht nahm er sie dreimal, bis sie beide verschwitzt und völlig erschöpft nebeneinander einschliefen. Als sie erwachte, war er verschwunden. Eine Visitenkarte lag auf dem Nachttisch, darunter 250 Euro. Jana ergriff das kleine weiße Kärtchen und las die Nachricht auf der Rückseite:

»Komm mich in Belgien besuchen. Das Geld ist für die Bahnkarte, nicht für die Nacht. Und übrigens ist es in Brügge, nicht in Brüssel. Ich als Flame weiß das.«

***

Vierundzwanzig Stunden waren vergangen. Elena blieb verschwunden. Keinerlei Nachricht, keine SMS. Jana fuhr zu Elenas Wohnung. Nichts. Jana fuhr zu ihrer

Arbeitsstelle und blickte durch die Scheibe auf die Reihe der Registrierkassen. Nichts. Erst im Verwaltungsbüro des Supermarktes teilte man ihr mit, dass Elena Kowalski kurzfristig um Urlaub nachgesucht und ihn auch für zwei Tage genehmigt bekommen hätte. Wien, schoss es Jana durch den Kopf und sie erinnerte sich an Elenas Andeutung. Sie wird doch nicht allen Ernstes mit diesem Mann nach Wien gefahren sein? Die Fassungslosigkeit über diesen Gedanken wich und machte einer gewissen Erleichterung Platz. Alle Sorge war umsonst. Die verzweifelten Versuche, ihre Freundin auf dem Handy zu erreichen, wurden eingestellt.

In der darauffolgenden Nacht hatte Jana einen Traum. Gegen vier Uhr früh war sie erwacht und kurze Zeit später wieder eingeschlafen. Sie konnte sich nie lange an ihre Träume erinnern. Ihre Mutter hatte ihr einmal geraten, Blatt und Stift neben ihr Bett zu legen, damit sie zumindest Bruchstücke des Traums noch in der Nacht notieren konnte. Sie hatte es nie getan. Auch diesmal nicht. Jana ärgerte sich darüber, denn das Gefühl, etwas Brisantes wäre ihr verloren gegangen, verfolgte sie den ganzen Tag über.

Es war Tag zwei nach Janas Verschwinden. Wenn die Auskunft des Lohnbüros stimmte, dann müsste Elena morgen früh zur Arbeit erscheinen.

Jana war auf dem Weg nach Hause, als sie plötzlich

kurz vor ihrer Wohnung innehielt. Für einen Sekundenbruchteil glaubte sie, dass der Traum ansatzweise in ihr Bewusstsein zurückgekehrt war. Irgendetwas auf den letzten Metern schien der Auslöser für dieses Gefühl gewesen zu sein.

Intuitiv ging sie den Weg retour. Langsam und mit geschlossenen Lidern. Behutsam. Schritt für Schritt, als würde sie ein Minenfeld überqueren.

Und mit einem Male war der Hinweis gefunden und mit ihm das ganze Szenario. Deutlicher denn je erschien es nun vor ihren Augen.

Das erste Kennenlernen der beiden, das Gespräch, das einem Verhör glich. Andreas` eigenartige Telefonate, zu denen er immer das Zimmer verließ. Seine zumeist proletenhafte Ausdrucksweise, die keinesfalls dem eines Reporters entsprach. Sein Benehmen. Seine Erzählungen über seine Recherchen am Europakolleg und seine Vergleiche mit dem Partnercollege in Brüssel, das im letzten Jahr sein Betätigungsfeld gewesen sei.

All das lag nun gedanklich ausgebreitet vor ihr und fügte sich zu einem Ganzen. Sie erschrak, als sie der Worte gewahr wurde, die in großen Lettern an der Scheibe eines Reisebüros zu lesen waren. Brüssel. Mein Gott. Warum war ihr das alles nicht schon früher aufgefallen? Sie hatte die Zeichen gesehen und gehört, mit ihren eigenen Augen und Ohren. Den Betrug dahinter hatte sie nicht erkannt.

Der Hinweis, sie schlug fassungslos die Hände über ihren Kopf zusammen. Sie hatte den Hinweis bereits vor Tagen erhalten. Ihn gelesen und achtlos beiseitegelegt. Vor Ärger schlug sie sich mehrmals mit der flachen Hand gegen die Stirn. »Wieso?«, entfuhr es ihr, in einer Lautstärke, dass die vorübergehenden Passanten erschraken und sie anstarrten. »Wieso?« Und plötzlich war die Gewissheit da: Elena verschwand nicht, weil sie es wollte. Sie wurde dazu gezwungen. Eine andere Erklärung gab es nicht. Jana konnte den Gedanken kaum laut aussprechen.

Getrieben von einer mörderischen Gewissheit rannte sie heim, stürmte in ihr Schlafzimmer und las Jeans Zettel, den sie in die Lade des Nachttischchens gelegt hatte.

»… in Brügge, nicht in Brüssel. Ich als Flame weiß das«, stand da. Die Recherche bei Google gab ihm recht. Das Europakolleg hatte zwei Standorte. Einer war hier in Warschau und der andere befand sich in Brügge.

***

Elenas Wohnung lag nur fünf Straßenbahnhaltestellen entfernt. Die Ungeduld ließ Jana nicht auf die Bahn warten. Sie legte die Strecke zu Fuß zurück. Als allerbeste Freundinnen verfügten Jana und auch Elena über den Hausschlüssel der jeweils anderen Wohnung. Im Falle des Falles, hatten sie sich vor Jahren geschworen. Komm, wann immer du kommen willst ... wobei, vielleicht nicht immer unangemeldet ... man weiß ja nie, wobei man den anderen gerade stört. Die beiden Freundinnen lagen sich nach diesen zweideutigen Formulierungen in den Armen und hatten herzhaft drauflosgelacht. Als Jana nun die Treppe hinaufstieg, fiel ihr dieser Nachmittag wieder ein. Wie fröhlich und unbekümmert sie gewesen waren. Die verrücktesten Bilder waren ihnen damals durch den Kopf geschossen. Die Vorstellung, den anderen tot im Bett aufzufinden, zählte allerdings nicht dazu.

Elenas Wohnung lag im zweiten Stock eines grauen, etwas heruntergekommenen Wohnblocks. Die Anlage wirkte schmuddelig und hätte schon längst eines neuen Anstrichs bedurft, allerdings fehlte dem Eigentümer das Geld. Dieser Punkt fiel bei den Besitzern in die Rubrik ‚unnötige Ausgaben‘, zumal die Mieten ohnehin bezahlt wurden. Aufgrund seiner Lage behielt das Gebäude auch trotz seines äußeren Makels seine Attraktivität. Bereits beim Öffnen der Haustür bemerkte Jana, dass ihre Sorge nicht unbegründet war. Irgendetwas stimmte nicht. Die Tür war nur zugezogen worden. Eine Tatsache, die für Elena undenkbar war. Bei den Kowalskis hatte jede Tür versperrt sein müssen. Janas Herz pochte wie wild und die von dort ausgehende Druckwelle erreichte explosionsartig auch die allerkleinsten Gefäße in ihrem Körper. Ein wenig mehr und die Adern würden bersten und dickes, rotes Blut herausquellen.

»Elena? Bist du da? Elena?« Janas Stimme war zaghaft. Ängstlich, mit weichen Knien schlich sie vorwärts.

Elenas Mobiliar bestand aus alten, meist auf Flohmärkten erstandenen Einzelstücken, die allesamt unterschiedlichen Epochen angehörten. Trotz vielfältiger Farben und Stilrichtungen, die hier vermischt wurden, ergab das Gesamtbild ein angenehmes wohnliches Zuhause. Jana beneidete sie um diese Gabe, Räumlichkeiten ohne viel Aufwand Wärme und Charme einzuhauchen. Eine Fähigkeit, die ihr fehlte.

Die Zimmer waren, wie Jana es sich nicht erhofft, aber insgeheim bereits geahnt hatte, leer. Nichts deutete auf einen Kampf hin. Alles schien unversehrt, so wie sie es in Erinnerung hatte. Von einer Vorahnung getrieben rannte sie in das Schlafzimmer ihrer Freundin und blickte unter das Bett. Elenas Koffer war fort. Ihr nächster Blick galt dem Schrank, der neben Elenas Bett an der Wand stand. Selbst wenn sie nicht alle Klamotten ihrer Freundin kannte, die auffällige Leere in den Schubladen und Fächer zeugten davon, dass Elena ihre Sachen gepackt hatte und abgereist war. Völlig verstört ließ sich Jana auf das Bett ihrer Freundin fallen. Also doch. Alles wies darauf hin, dass sie aus freien Stücken Warschau den Rücken gekehrt hatte.

Und doch konnte Jana das Unglaubliche nicht glauben. Ohne ein Wort zu verlieren, würde Elena nicht fortgehen. Sie hätte sich gemeldet. Daran bestand kein Zweifel. Wenn auch vielleicht erst nach Tagen, aber sie hätte Jana Bescheid gegeben. Irgendetwas war passiert. Dieser Gedanke ließ Jana nicht los. Akribisch durchforstete sie jedes einzelne Zimmer. Durchsuchte Ecke für Ecke, Gegenstand für Gegenstand nach einem Hinweis auf den Verbleib von Elena.

Nach einer weiteren Dreiviertelstunde sackte Jana am Küchenstuhl zusammen. Ihre Suche war erfolglos geblieben. Sie hatte nichts gefunden, das zum Verschwinden ihrer Freundin klärend beitragen konnte. Verzweifelt verließ sie die Wohnung. Als die Tür ins Schloss fiel, drehte sie sich noch einmal um. Die Überlegung, zuzusperren überkam sie, allerdings ignorierte sie den Gedanken sogleich. Eine innere Stimme sagte ihr, Elena würde nie wieder einen Schritt in diese Wohnung setzen.

Jana war bereits an der Haltestelle angelangt und wartete auf die Straßenbahn, als sie neuerlich hochfuhr. Die Gewissheit, ein wesentliches Detail übersehen zu haben, lenkte ihre Schritte zurück in Elenas Wohnung. Als sie jetzt abermals durch die Wohnungstür trat, ermahnte sie sich, achtsam zu sein und all ihren fünf Sinnen zu vertrauen. Sie war noch keine drei Schritte gegangen, als sie die Nase rümpfte. Es roch nach kaltem Zigarettenrauch. Unverkennbar. Jana wunderte sich, dass ihr der Gestank nicht schon zuvor aufgefallen war.

Andreas hatte hier in Elenas Wohnung geraucht. Ohne einen weiteren Gedanken zu verschwenden, ging Jana in die Küche und durchsuchte den Mülleimer. Von ihrer Arbeit her war sie es gewohnt, Asche und die Kippen regelmäßig im Abfalleimer zu entsorgen. Angeekelt leerte sie den Inhalt auf den Fußboden. Sie stocherte in dem Müll herum und fand einige Zigarettenstummel und eine zusammengedrückte Zigarettenpackung. Sie faltete die Schachtel auseinander und las den roten Schriftzug auf der weißen Verpackung. Memphis. Eine Marke, die sie nicht kannte. Sie begutachtete das Teil von allen Seiten. Nicht selten wurden Telefonnummern oder sonstige Hinweise auf der Verpackung notiert. Ihre Hoffnung erfüllte sich nicht und sie wollte gerade ihre Nachforschungen beenden, als ihre Augen sich hoffnungsvoll weiteten.

Sie hatte gefunden, wonach sie so verzweifelt gesucht hatte. Eine Streichholzschachtel. Sie nahm das an der Stuhllehne hängende Geschirrtuch und wischte das Teil fein säuberlich ab. Das Schächtelchen war leer, aber der Inhalt hätte Jana ohnehin nicht interessiert. Vielmehr war es der Aufdruck, der diese Streichholzschachtel für Jana so wertvoll machte:

Nachtclub Belladonna, 1020 Wien, Novum-Gasse 103. Täglich von 22–03 Uhr.

Mit einem zufriedenen Lächeln ließ sie das Fundstück in ihre Tasche gleiten.

»Ich werde dich finden, Elena. Dein Andreas war nicht vorsichtig genug.«

TEIL 2

Wien 2002

»Was soll der Scheiß«, fluchte der Mann verärgert in das Telefon. »Rate mal, wer gerade bei mir auf der Matte stand?« Er war so aufgebracht, seine Stimme überschlug sich beinahe. »Wir müssen ... «

Hauptmann Rohringer vom Wiener Polizeikommissariat Josefstadt schnellte aus seinem Sessel hoch, stellte hastig die Freisprechanlage aus und griff zum Hörer. Er kannte den Anrufer und wusste, dass er gut daran tat, seine Kollegenschaft nichts davon wissen zu lassen. »Würden Sie bitte nicht so schreien. Ich verstehe kaum ein Wort, wenn Sie durch die Gegend brüllen«, fuhr er so unbeeindruckt, wie es ging, fort und seine ganze Routine ausspielend fügte er noch seinen Standardsatz hinzu: »Bitte geben Sie mir zuerst Ihre Personalien und dann den Grund Ihres Anrufes.« Mit einem flinken Blick durch den Raum versicherte er sich, dass niemand von den drei Anwesenden das Gespräch verfolgt hatte.

Rainer Rohringer saß in einem Großraumbüro, das Platz für weitere acht Mitarbeiter bot. Zum Glück war es früh am Morgen, und die Mannschaft noch nicht vollzählig anwesend.

»Was heißt hier Personalien? Du kennst meinen Namen, verflucht noch mal!«

»Bist du verrückt, hier anzurufen«, flüsterte der Polizist kaum hörbar in das Telefon. »Du weißt doch, dass ich das nicht will.«

»Es interessiert mich einen Dreck, was du willst und was nicht. Jetzt um zehn. Üblicher Treffpunkt. Keine Widerrede.«

»Ach so, ja, ich verstehe, also gut, ich glaube, wir sollten noch etwas abwarten.« An Souveränität konnte ihn kaum jemand etwas vormachen. Unbekümmert sprach Rainer Rohringer weiter, obwohl am anderen Ende der Leitung bereits aufgelegt worden war und nur ein monotones Tuten zu hören war. »Wenn sich Ihre Tochter bis heute Abend nicht meldet, dann rufen Sie bitte unter derselben Nummer noch einmal an.«

Es war 09:57 Uhr. Er war drei Minuten zu früh am Treffpunkt erschienen. Haltestelle Schottentor im ersten Wiener Gemeindebezirk. Ein Knotenpunkt für mehrere öffentliche Verkehrslinien. Buslinien, Straßenbahnen und die U-Bahn Linie 2 kreuzten sich hier. Über tausend Menschen pro Tag stiegen dort ein, aus oder in ein anderes Verkehrsmittel um. Ein reges Treiben, ideal zum Untertauchen. Willst du gesehen werden suche dir einsame Plätze aus; willst du das nicht, dann geh zum

Schottentor, denn die Aufmerksamkeit der Menschen verringerte sich mit deren Anzahl.

Rainer Rohringer stand an den Ticketautomaten am Abgang zu der U-Bahn. Er konnte nicht sagen, zum wievielten Male er hier die diversen Aushänge des Verkehrsverbundes und die Fahrpläne studiert hatte.

Franz Mauerbacher, in der Szene nur Frankie genannt, erschien in einem groß karierten blauen Dufflecoat. Klassisch mit Knebelknöpfen und Kapuze. Dazu trug er eine ausgewaschene Jeans und pelzgefütterte Halbstiefel. Die wenigen hellblonden Haare, die ihm geblieben waren, hatte er streng nach hinten gekämmt. Klein, mager und schmuddelig. Eine unscheinbare, nichtssagende Gestalt, allerdings mit Allüren, als wäre er ein ganz Großer, einer der Big Bosse in der Stadt. In Wirklichkeit war Frankie Mauerbacher ein kleiner, unbedeutender Fisch.

»Wie konnte das passieren? Woher wusstet ihr von der Party?« Die beiden Männer standen Seite an Seite. Die angenehmen Herbsttage waren vorüber und der Winter hatte bereits seine eiskalten Fühler ausgestreckt. In höheren Lagen wurde Schnee gemeldet, doch davon blieb die Landeshauptstadt verschont. Hauptmann Rainer Rohringer vergrub seine Hände in der Daunenjacke, die ihn ob ihrer Länge – sie reichte bis zur Mitte seiner Oberschenkel – gut wärmte. Emotionslos ließ er die Anschuldigungen über sich ergehen.

»Bist du fertig?«, fragte er, als Frankie verstummte und sich eine Zigarette anzündete. Das Fischlein nickte und zog dabei den Rauch kräftig in seine Lungen.

»Wieso wir davon Wind bekommen haben, willst du wissen?« Der Polizist lachte kurz und ohne den Blick von der Tafel zu wenden konfrontierte er den Gauner mit einer Meldung, die jenem die Luft nahm. »Das kann ich dir sagen. Zwei von euch haben einen Fehler begangen.«

»Zwei meiner Männer?«

»Ich sagte, zwei von euch.« Neuerlich entwich ihm ein kurzes Lachen.

»Und …«, er zögerte mit der Antwort ein wenig, es war unübersehbar, wie sehr er seinen Triumph genoss, »auch wenn du es nicht wahrhaben willst … einer von den beiden bist du!«

Rainer Rohringer wusste nur zu gut, wie schwer es war, einen begangenen Fehler zu akzeptieren. Seit zehn Jahren kämpfte er mit diesem erdrückenden Gefühl der Ohnmacht. Das Wissen, das Geschehene nicht rückgängig machen zu können, verfolgte ihn bis in den Schlaf. Eine Dekade des Leidens und letzten Endes auch der Abhängigkeit. Abhängig von einem Deal, dem er nie hätte zustimmen dürfen. Die Kontrahenten von damals waren die gleichen wie heute. Nur jetzt standen sie sich, eingemummelt in warme Winterjacken, an dieser windgeplagten Ecke am Schottentor gegenüber. Mit einem einzigen, für Rainer Rohringer nicht unbedeutenden Unterschied.

Die Vorzeichen hatten sich geändert. Aus dem bestimmenden Schurken und dem willenlosen Bullen, wie er das damalige Szenario immer scherzhaft bezeichnete, waren jetzt der starke Bulle und der zwergenhafte Schurke geworden. Die Rollen waren vertauscht. Die Gewinnerseite gehörte nun dem Ordnungshüter, Rainer Rohringer, Polizeihauptmann, Wien 8. Bezirk. Er fühlte sich sichtlich wohl in der jetzigen neuen Position.

Als Polizeianwärter Rohringer war er damals auf Streife gewesen. Unerfahren und gutgläubig fuhr er durch Wien. Seine Geburtsstadt, die ihm, eingebettet in den Wienerwald zu beiden Seiten der Donau, friedvoll und ruhig erschien. Selbst wenn er sich damals mehr Aktion in seinem Beruf gewünscht hätte – nicht selten fuhr er in seinen Träumen für Ruhe und Ordnung sorgend cool und lässig in einem dunkelblauen Chevrolet durch Manhattan oder Chinatown oder hetzte mit Sirene und Blaulicht Verbrechern durch die City of London hinterher –, so wusste er doch sein verschlafenes, in weiten Teilen sehr sicheres Wien zu schätzen.

Er hatte bereits Dienstschluss gehabt und war auf dem Weg nach Hause gewesen, als er Zeuge eines Verbrechens wurde. Unweit des Gürtels, Wiens Rotlichtmeile, musste er mit ansehen, wie zwei Männer eine Frau in einen Hauseingang zerrten. Wenige Tage später fand man unweit jener Stelle die Leiche einer jungen Frau in einem Container für Bauschutt.

Es war der 28. November 1992. Ein Samstag. Der Film »The Bodyguard« war angelaufen und die Welt schwelgte mit Whitney Houston. »I will always love you« lief auf sämtlichen Radiosendern, wurde auf und ab gespielt und brachte die Emotionen einer ganzen Stadt, eines ganzen Landes und wohl auch des ganzen Erdballs zum Überschäumen. Der Wiener Bevölkerung quoll das Herz über und bereits nach wenigen Takten der berühmten Anfangssequenzen kamen nahezu sämtliche Aktivitäten in der Stadt zum Erliegen. Alles schmuste, kuschelte, tanzte oder lag sich sonst irgendwie in den Armen.

Die wenigen, die davon unberührt blieben, trauerten ... aber eines anderen Grundes wegen. Der Große Redoutensaal der Hofburg, Wiens wohl geschichtsträchtigstem Kongresszentrum, wurde Opfer einer Feuersbrunst und löste einen bis dato einzigartigen Einsatz der Feuerwehr aus.

Rainer Rohringer gehörte weder zu der einen noch zu der anderen Gruppe. Seine Verfehlung, die er zwei Tage zuvor begangen hatte, sollte sein Leben verändern und seinen unverrückbaren Glauben an das Rechts-system in seinen Grundfesten erschüttern. Noch Jahre später plagte ihn immer wieder dieselbe Frage: Hätte er anders gehandelt, wenn es ihm nicht so leicht gemacht worden wäre? Hätte er den Mut besessen, seinen Fehler zuzugeben? Auch wenn die Zeitungen über die Leiche berichtet hatten, zum Teil nur als kleiner, kaum nen-nenswerter Artikel, so kannte die heimische Medien-landschaft damals nur ein einziges Thema: die Geschehnisse in der Hofburg. Die Titelseiten waren gespickt mit Bildern des brennenden Konferenzsaals. Man fragte nach Brandursache, spekulierte über Brandstiftung und stellte Prognosen auf über die anstehenden Kosten der Renovierung und die Wiedereröffnung. Niemand inte-ressierte sich für die Leiche aus dem Container.

Er hatte die Bilder stets deutlich vor Augen und würde sie wohl zeitlebens nicht vergessen können. Die beiden Männer, die Frau, die offensichtlich gezwungen wurde, mitzugehen. Der freie Parkplatz, auf dem er sein Auto abstellte. Der spärlich beleuchtete Hauseingang, ein Körper, über eine Mülltonne gebeugt, der Rock bis zu den Oberschenkeln hochgezogen, die Schreie, die nicht enden wollenden Peinigungen der beiden Täter. Motiviert, wie in seinen Träumen, war er hinterherge-rannt, bereit, für Recht und Ordnung zu kämpfen. Als er allerdings im dunklen Innenhof seine unzureichende

Ausrüstung erkannte, ohne eine Waffe im Halfter, nur mit seinen beiden Fäusten ausgestattet, da brach sein Ordnungswille zusammen.

Wie lange er so tatenlos zugesehen hatte, wusste er nicht mehr. Auch nicht, wie er zu seinem Auto zurückgekommen war. Lediglich an den Zettel konnte er sich erinnern. Ein kleines weißes Stück Papier, das eingezwängt unter seinem Scheibenwischer an der Autoscheibe klebte. Zunächst dachte er, ein Kollege hätte ihm einen Zahlschein für Falschparken verpasst, was um diese Uhrzeit ein Affront gewesen wäre, denn weder Zeit noch Ort verlangten eine Parkkarte. Aber bald schon wurde ihm das Ausmaß der Geschehnisse an diesem 28. November bewusst.

»Rainer, du feiges Bullenschwein«, war da in Großbuchstaben zu lesen gewesen. »Halt dein gottverdammtes Maul, wenn du weiterleben willst.«

Mit zittrigen Händen schob er die Notiz in seine Brusttasche. Nervös blickte er um sich. Er war allein auf der Straße, zumindest konnte er niemanden ausmachen, der ihn beobachtet hätte.

Daheim in seiner Wohnung zermarterte er sich stundenlang sein Hirn über das, was da eben geschehen war. Er hatte einen der Täter erkannt. Ein gewisser Franz Mauerbacher, ein stadtbekannter Zuhälter, der vor nichts zurückschreckte und rasch zur Waffe griff.

Er war Zeuge eines Verbrechens geworden. Aus Angst um sein eigenes Leben hatte er sich aus dem Staub gemacht. Seine Hoffnung, unerkannt davonzukommen, erfüllte sich nicht. Die beiden Täter mussten einen Komplizen gehabt haben, der im Wagen sitzen geblieben war und ihn gesehen hatte. Seit dieser Zeit hatte Frankie ihn in der Hand.

Das alles lag nun viele Jahre zurück. Seine Unfähigkeit von damals hatte die junge Frau das Leben gekostet und ihm eine Zeit beschert, die gezeichnet war von Feigheit und Schuldgefühlen. Doch damit sollte es nun ein Ende haben.

Wieder war eine junge Frau tot aufgefunden worden. Ein zweites Mal würde er nicht tatenlos zusehen. Jetzt würde er handeln.

»Du meinst mich? Der gute alte Frankie hat einen Fehler gemacht?« Franz Mauerbacher glaubte, sich verhört zu haben. »Frankie macht keine Fehler, merk dir das!«

»Und ob Frankie Fehler macht.« Der Polizist hatte genug vom Katz-und-Maus-Spiel. Viel zu lange hatte er auf diesen Augenblick gewartet. »Die Nutte hatte deine Telefonnummer in ihrer Tasche. Es war eine deiner Damen, die da gefunden wurde. Vermutlich hättest du sie nach ihrem Job abholen sollen?« Frankie zuckte zusammen. Die Telefonnummer! Verflucht, wie hatte er nur so leichtsinnig sein können, der Schlampe seine Privatnummer zu geben.

»Wie alt sind deine Mädchen? Sag es mir. Zwölf? Fünfzehn? Achtzehn? Doch sicherlich nicht älter als zwanzig.« Angewidert von der Vorstellung schüttelte Rohringer den Kopf. »Du steckst bis zum Hals in der Scheiße! Und glaube mir, diesmal gib es kein Entrinnen, diesmal erwischen wir dich.«

»Wenn ich untergehe, dann reiß ich dich mit. Das ist dir doch klar. Bullen, die Dreck am Stecken haben, mögen die Leute nicht. Denk daran!«

»Mag sein, aber das hier hat mit meinen Verfehlungen von vor zehn Jahren nichts zu tun. Hier geht es um Mord! Auch wenn er nicht geplant war und vermutlich nur dem Drogeneinfluss zuzuschreiben ist. Mord bleibt Mord … und das mein Guter, *das* mögen die Leute überhaupt nicht. Niemand. Weder die Geschworenen noch der Richter.«

»Verflucht! Ich habe nichts mit der Tat zu tun! Verstehst du mich? Ich war nicht beteiligt!«

»Nicht beteiligt?! Dass ich nicht lache. Du hast doch das Mädchen dort hingeschickt. Du hast die geile, feine Belegschaft beliefert, wie du es schon seit Jahren tust.«

»Die Mädchen machen das freiwillig, sie gehen aus freien Stücken auf diese Partys … des Geldes wegen. Niemand zwingt sie, bei dieser Sorte von Spielchen mitzumachen.«

Rainer Rohringer hielt kurz inne. Blickte abfällig auf die Person, die neben ihm stand und von Minute zu Minute kleiner und erbärmlicher wurde. Er windet sich wie ein Fisch an der Angel. Bald wird der Schlegel auf seinem Kopf landen und dann war es das. Die Genugtuung ist ein euphorisches Gefühl. Rohringer kostete es in vollen Zügen aus. Auf diesen Augenblick hatte er zehn lange Jahre gewartet. »Hörst du dir überhaupt noch zu? Weißt du eigentlich was du da für eine verdammte Scheiße von dir gibst? Man könnte fast meinen, du glaubst den ganzen Dreck, der aus deinem verlogenen Maul quillt.«

»Hilf mir! Du weißt, ich habe mit dem Mord nichts zu tun«, flehte Franz Mauerbacher. Er war sich der Ernsthaftigkeit seiner verzwickten Lage bewusst und spürte bereits den Strick um seinen Hals. »Du weißt seit Jahren, was ich will«, entgegnete Rainer Rohringer kühl und emotionslos. »Nenn mir deinen Boss!«

»Mein Boss! Immer fragst du nach meinem Boss.«

»Hör doch auf mit dem Gejammer. Du winselst wie ein Straßenköter, Frankie. Den Namen! Ich will den Namen!«

»... und ich sage dir schon seit Ewigkeiten immer das Gleiche. Ich kenne meinen Boss nicht. Weder den Namen noch wo er wohnt, wo er zu speisen pflegt, wo er seinen Whiskey trinkt oder mit wem er vögelt. Ich kenne ihn nicht! Geht das endlich in deinen Kopf hinein?«

Hauptmann Rohringer zuckte verständnislos mit den Schultern. »Dann kann …«

»Selbst wenn ich ihn wüsste«, unterbrach ihn Franz Mauerbacher, »würde mir das wenig helfen. Mein Verrat würde die Runde machen. So schnell kann ich gar nicht schauen. Wie ein Lauffeuer. Keine Stunde später wäre ich tot. Würde irgendwo mit zerschossenem Bauch in der Gosse liegen.«

»Tot bist du doch schon lange, Frankie.« Wortlos wandte sich Rainer Rohringer von ihm ab und ging davon.

Wien 2003 (Jana)

Eine steife Brise blies ihr ins Gesicht, als sie an einem sonnigen, aber kalten Novembertag die Eingangshalle des Wiener Westbahnhofs verließ. Die österreichische Hauptstadt zeigte sich an diesem Tag nicht gerade von ihrer freundlichsten Seite. Selbst bei klarem, azurblauem Himmel, nicht das kleinste Wölkchen war über der Stadt auszumachen, fegten orkanartige Böen seit Tagen durch die Straßen und hatten die Bewohner von den Gassen in ihre Wohnungen getrieben. Der Schneefall der letzten Tage, zu dieser Jahreszeit nichts Ungewöhnliches, in dieser Heftigkeit allerdings doch eher selten, hatte die Stadtväter sichtlich überrascht.

Auch wenn die Räumungsarbeiten unverzüglich begonnen hatten und sich Hunderte von Mitarbeitern des Stadtmagistrats und ebenso viele Freiwillige nahezu rund um die Uhr abmühten, die widrigen Wetterumstände verlangten ihnen alles an Kräften ab. Von einem reibungslosen, staufreien Weiterkommen in der Stadt war keineswegs die Rede, zumal bei Minustemperaturen im zweistelligen Bereich die Ausdauer der Männer Grenzen hatte. Dort und da führten vereiste Stellanlagen im Wegenetz der Straßenbahnen zu Blockaden, und die sommerliche Bereifung vieler Autos tat das Ihre dazu, um in vielen Teilen der Stadt ein Verkehrschaos auszulösen, dessen Entwirrung oft mehrere Stunden in Anspruch nahm. Die Bevölkerung war aufgerufen worden, so wenig wie möglich die eigenen Fahrzeuge zu benutzen und nur in dringendsten Fällen ihre Häuser zu verlassen. Vermeidbares wurde verschoben und nur das Allernötigste wurde verrichtet.

So war es nicht verwunderlich, dass das Stadtbild bei Janas Ankunft einer Geisterstadt glich. Die Kälte und die Trostlosigkeit, die sich ihr entgegenstellte, ließen ihre Mutlosigkeit und ihre Verzweiflung nur noch größer werden. Hatte sie hastig und unüberlegt gehandelt? Was konnte ein einfaches polnisches Mädchen allein ausrichten? Doch sie ließ sich nicht unterkriegen.

Guten Mutes, denn die Hoffnung stirbt angeblich zuletzt, schnürte sie den Gürtel ihres Parkas enger und zog die Kapuze tief ins Gesicht. In ihrer Vorstellung war Wien eine moderne, pulsierende Stadt, die auch nachts kaum zur Ruhe kam und die, nach der Öffnung des Eisernen Vorhangs, für unzählige Menschen aller Nationen und Kulturen zu einer zweiten Heimat geworden war. Eine weltoffene Stadt, in der Recht und

Ordnung keine leeren Begriffe waren und die sich um die Anliegen ihrer Bürger kümmerte.

Sollten alle Stricke reißen und sie Hilfe benötigen, würde sie dann auch die Behörden zu Rate ziehen können? All diese Überlegungen waren Jana durch den Kopf gegangen, als sie vor Wochen den Entschluss gefasst hatte, hierher zu fahren. Voller Motivation war sie gewesen. Damals, als sie die Zündholzschachtel in Elenas Mülleimer gefunden hatte. Dieses kleine, achtlos weggeworfene Ding würde sie zu Elena führen. Hunderte Male hatte sie das Szenario in ihren Gedanken durchgespielt. Sie würde mit dem Zug nach Wien fahren, eben jene Bar aufsuchen, deren Adresse auf der kleinen Schachtel vermerkt war, würde nach Elena fragen. Sie würde sie auf einem Barhocker sitzend vorfinden, sie an der Hand nehmen und nach Hause mitnehmen.

Alles würde einfach und ohne größere Komplikationen abgehen. Weit gefehlt. Wochen später sah alles plötzlich ganz anders aus. Jetzt stand sie in der eisigen Kälte, in einer ihr unbekannten, fremden Stadt, völlig allein auf sich gestellt, und es kamen ihr Zweifel und Bedenken. Bei Gott, sie hatte sich das ganze Unternehmen bedeutend einfacher vorgestellt.

Der Angestellte am U-Bahn-Schalter war freundlich und über die Maßen geduldig. Mit einem Rotstift markierte er auf einem Plan jene Haltestellen, an denen sie umzusteigen beziehungsweise auszusteigen hatte. Fünfundvierzig Minuten später hielt der Zug am letztmarkierten Haltepunkt ihres Planes. Jana nahm den Ausgang Taborstraße und war froh, den Untergrundschächten entkommen zu sein und Tageslicht zu erblicken. Mit der Karte in der Hand marschierte sie drauflos, durch enge Gassen, deren Gehsteige nur unzureichend vom Schnee geräumt waren, sodass sie den Großteil der Strecke auf dem Fahrweg zurücklegen musste.

Vom prachtvollen Wien aus den Reklamezeitschriften der Reisebüros war auch hier wenig zu sehen. Die Novum-Gasse im zweiten Wiener Gemeindebezirk war eine unscheinbare, lang gezogene Straße, wie sie zu Tausenden in jeder größeren Metropole zu finden sind. Schmucklose Häuserfronten ohne jegliche Unterbrechung reihten sich entlang einer zweispurigen Fahrbahn, in deren Mitte eine Straßenbahntrasse verlief.

Es war gegen vier Uhr nachmittags, als Jana ihr Ziel erreichte. Der Gebäudekomplex lag am anderen Ende der Gasse. Ein graues, vierstöckiges Eckhaus, dessen Eingang windgeschützt in der Hausfront zurückversetzt war. Mehrere Hinweisschilder diverser Büros und Firmen flankierten den Eingang. Unter anderem auch jenes, nach dem Jana Ausschau gehalten hatte. LUB BEL.A.ONN. Die Blechtafel in der Größe eines

Buchdeckels war von Wind und Wetter gezeichnet und hatte sowohl Farbe als auch manchen Buchstaben verschwinden lassen. Aber sie hatte den Club Belladonna gefunden.

Der erste Teil ihrer Mission war erfolgreich erledigt. In Gedanken ging sie nun die weiteren Schritte durch. Ihr Finger steuerte bereits auf den Klingelknopf zu, doch besann sich Jana eines Besseren und entschied sich für die zweite Variante: beobachten und abwarten. Ihre Blicke scannten die Umgebung und fanden, wonach sie gesucht hatten. Nova Bar. Das Lokal war wenig einladend, aber ideal gelegen.

Beim Eintreten kam ihr ein Mix aus Schweiß, Moder und kaltem Rauch entgegen. Das schummrige Licht im Inneren tat seinen Teil dazu. Es machte die Räumlichkeit nicht freundlicher. Allerdings verbarg es auch so manches, dachte sich Jana, als sie auf einem abgewetzten, plastikbezogenen Stuhl an der Fensterfront Platz genommen hatte. Von Sauberkeit war hier wenig zu bemerken. Das mit dunklem Holz getäfelte Lokal war nahezu leer. Lediglich ein Gast stand am Tresen und schlürfte an einem schaumlosen Bier.

Der ursprüngliche Gedanke, eine Kleinigkeit zu essen, war schlagartig verflogen. An Janas Tisch waren noch deutlich die Spuren der letzten Kundschaft zu sehen. Ein voller Aschenbecher und klebrige Ränder von abgestellten Gläsern verdarben ihr die Lust, eine Bestellung aufzugeben. Jana wagte kaum den Blick auf den Boden des Lokals zu richten und dankte der spärlichen Beleuchtung, die wohl vieles im Verborgenen ließ. Das Ambiente hier unterschied sich kaum von jenen Buden in den Vororten Warschaus, in denen sie ihre Anfangsjahre als Kellnerin absolviert hatte.

»Ist doch überall das Gleiche. «, dachte sie und erschrak, als die Kellnerin an ihren Tisch trat und sie nach ihren Wünschen fragte. Das Gastgewerbe mit seinen unzähligen und nicht enden wollenden Nächten hatte auch in diesem Gesicht seine untrügliche Handschrift hinterlassen. Rot unterlaufene Augen, Tränensäcke, die nahezu nahtlos in die Wangen übergingen, tief gefurchte Mundwinkel und eine Hautfarbe, die der Außenwand des Hauses glich, verrieten nur allzu deutlich, dass die Kellnerin an dem rauch- und alkoholgeschwängerten Treiben in diesem Lokal über Jahre hinweg aktiv mitgewirkt hatte. Jana war schockiert über derartige berufliche Auswüchse und im selben Moment meldeten sich auch bei ihr die Bedenken, wie lange es wohl noch dauern würde, bis ihre eigene Kundschaft zu Hause der gleichen Meinung über sie sein würde.

»Einen Kaffee bitte«, gab sie der Kellnerin zur Antwort und hoffte inständig, dass ihre Gedankengänge, den Job betreffend, nicht zu offensichtlich gewesen waren. Sie vermied es, weiter darüber nachzugrübeln und suchte das Positive an diesem Beruf. Viele Argumente fielen ihr dazu nicht ein und obendrein blieb sie bei einer Aussage von Elena hängen, die sie bereits eine Zeitlang mit sich herumtrug: »Es gibt Besseres, als sein ganzes Leben hinter einer Bar zu stehen und sich für ein paar Münzen von Männern blöd anreden zu lassen.«

Sie musste ihrer Freundin recht geben. Sie sollte und musste an ihrem Leben etwas ändern, wollte sie nicht auf diese erbärmliche Art enden. Nur jetzt war nicht der richtige Zeitpunkt, um Pläne zu schmieden. Im Moment gab es wichtigere Dinge und vielleicht konnten ihr sogar eine heruntergekommene Kneipe und die vom Leben gezeichnete Kellnerin bei der Klärung helfen.

Sie war in Gedanken versunken, als die neuerliche Anfrage, ob es noch was sein dürfte, sie in die Realität zurückholte. War sie eingeschlafen? Jana wusste es nicht. Jedenfalls hatte sie den Abgang des anderen Gastes nicht bemerkt. Sie blickte sich kurz um. Kein anderer war zwischenzeitlich hereingekommen. Sie war mit der Kellnerin allein.

Jana überlegte kurz, verneinte allerdings die Frage wegen einer Bestellung, da es ihr vor einer weiteren Tasse dieses abscheulich schmeckenden Kaffees graute. Selbst die zwei Löffel Zucker, die sie zuvor in die Brühe gerührt hatte, konnten dem Gesöff die Schalheit nicht nehmen. Die Kellnerin machte wenige Anstalten, von ihrem Tisch zu weichen. Ganz im Gegenteil. Sie zog sich den nächstbesten Barhocker heran und begann, mit der Fremden zu reden. »Sie sind nicht von hier, stimmt's?«

Jana nickte. Ihre Deutschkenntnisse ließen eine deutsche Konversation zu. Viele Jahre lang hatte sie in der Schule Deutsch gelernt. Vor längerer Zeit bereits hatte die polnische Regierung mit derartigen Sprachkursen begonnen. Zum besseren Verständnis der Völker wurde dieses Projekt liebevoll ins Leben gerufen, um ein Zeichen zu setzen und der blutigen Vergangenheit zwischen den beiden benachbarten Nationen ein wenig entgegenzuwirken. Zum Unmut vieler, denn das gesprochen deutsche Wort erweckte auch nach Jahren unliebsame Erinnerungen.

»Ich bin aus Polen.« Jana freute sich, endlich wieder Deutsch sprechen zu können und war mehr als verwundert, dass es noch so gut funktionierte. Die Kellnerin zog ihrerseits die Augenbrauen hoch und antwortete in fließendem Polnisch: »Mòwie troche po polsku.«

Jana war erstaunt über diese heimatlichen Klänge, die ihr sofort ein Lächeln ins Gesicht zauberten. »Jestem zaskoczony. Gdzie uczylès sie polskiego?«, fragte sie die Bedienung, denn Polnisch zählte sicherlich nicht zu jenen Sprachen, die man sich freiwillig aneignet. »Czy ty polin?«

»Nie, nie. Jestem Austriakim. Co o tym myslisz? Wolno im zgodywac tryz razy!«

»Miłość!« Jana musste gar nicht dreimal raten. Was sonst sollte eine Österreicherin dazu bringen, diese Sprache zu erlernen, die sowohl in der Aussprache als auch im Schriftbild mit ihren zusammenhängenden Konsonanten und Akzenten eine wahre Herausforderung darstellt. Was, wenn nicht die Liebe, konnte derartige Hürden spielerisch überwinden.

»Przy okazji, nom na imie Erika.«

»Bardzo zadowolony. Ze jestem Jana.«

In den darauffolgenden Minuten erhielt Jana einen Schnelldurchgang durch Erikas Lebensgeschichte. Beginnend mit ihrer Zeit als Jugendliche, die sie in ihrer Heimatstadt Wien verbracht hatte, bis hin zu dem Zeitpunkt, als sie das Lokal ihrer Eltern übernahm. Sie war nie aus ihrer Heimatstadt herausgekommen. Die Frage nach Ehemann oder Kindern verneinte sie.

»Und woher stammen nun Ihre Polnischkenntnisse?«, wollte Jana wissen.

»Ach ja«, stammelte Erika vor sich hin und es war ihr anzumerken, dass sie der Gedanke an ihre vergangene Liebe immer noch ein wenig aus der Fassung brachte. »Meine Eltern ließen das Lokal hier renovieren. Es war vor gut zwanzig Jahren. Sie rissen all das alte Zeug heraus und modernisierten. Eine Truppe von Arbeitern half ihnen dabei. Unter anderem gab es da auch diesen gewissen Jerzy, der mir, einer jungen Frau von achtundzwanzig Jahren, den Kopf verdreht hatte. Ich war völlig aus dem Häuschen. Hätte alles für ihn getan. Wäre auch mit ihm nach Polen gegangen.« Erikas Blick schweifte gedankenverloren an Jana vorbei, mit einem verklärten Gesichtsausdruck, als ob die Liebesgeschichte erst wenige Wochen zurückliegen würde.

»Das Schwein hat mir verschwiegen, dass eine Frau und zwei Kinder auf ihn in Krakau warten«, donnerte es aus ihr hervor und der weiche Schimmer auf ihrem Gesicht wich schweren dunklen Erinnerungswolken.

»Przepraszam.«

»Ich brauch Ihr Mitleid nicht. Ich hätte ihn ja auch früher danach fragen können, aber Sie wissen ja …«

»Ich weiß! Liebe macht blind. Ich habe eine Freundin, der ist es …«

»… ähnlich ergangen! Das wollten Sie doch sagen, oder?« Jetzt war es Erika, die Jana ins Wort gefallen war und mit einem Kopfnicken auf das gegenüberliegende Gebäude hinwies. »Hat sie im Belladonna gearbeitet?«

Jana war von der Kombinationsgabe der Kellnerin beeindruckt. »Woher wissen Sie, dass ich …« Auch diesmal konnte Jana ihren Satz nicht beenden.

»Was glauben Sie? Ich mag versoffen ausschauen, vielleicht bin ich es auch, aber blind bin ich dadurch noch lange nicht. Seit Sie hier auf diesem Stuhl Platz genommen haben, starren Sie unentwegt aus dem Fenster und beobachten, wer dort drüben aus- und eingeht. Und so wie Sie aussehen, glaube ich nicht, dass sie an Speditionsfirmen oder Büroartikeln interessiert sind. Andere Firmen gibt es nämlich in diesem Gebäude dort drüben nicht. Nie, nie. Pochadza z tego powodu Belladonna.«

Jana war sichtlich irritiert, nach so kurzer Zeit entlarvt worden zu sein. Allerdings … was konnte sie jetzt noch verlieren? Sie überlegte kurz und kam zum Entschluss, die Flucht nach vorne anzutreten. Vielleicht hatte Erika auch brauchbare Informationen zu liefern.

»Sie haben vollkommen recht mit Ihrer Annahme. Mein Interesse gilt dem Belladonna. Ich weiß nicht, ob ich Ihre Zeit noch weiter in Anspruch nehmen darf, aber Sie könnten mir unter Umständen bei meinem Problem helfen.«

»Nur zu, Schätzchen. Frag, was du wissen willst, und ich werde dir, so gut ich kann, antworten. »Allerdings …« Sie hustete mehrmals kräftig und vergrub ihr Gesicht dabei in einem schmuddeligen Geschirrtuch. »Allerdings«, begann sie von Neuem, »nur unter einer Bedingung: Höre mit dem Sie auf.«

»Gut. Also, ich bin Jana Novak. Polin, die in Warschau wohnt und arbeitet. Aber es geht hier nicht um mich, sondern um meine beste Freundin, Elena Kowalski. Sie ist seit Mitte September 2003 verschwunden.«

Ohne Umschweife erzählte Jana drauflos und hatte in Erika eine erstklassige Zuhörerin gefunden, die während ihrer Zeit hinter dem Tresen wohl des Öfteren als seelischer Mülleimer missbraucht worden war. Zu viel hatte sich über die letzten Monate in Jana aufgestaut, und obwohl sich die beiden Frauen erst wenige Stunden kannten, fühlte sie sich der Kellnerin in irgendeiner Art und Weise verbunden. Erika schien sichtlich interessiert an der Geschichte zu sein. Nur ein einziges Mal hatte sie Janas Erzählfluss unterbrochen. Ein Gast war in das Lokal gekommen und hatte ein Glas Wein bestellt.

»So, jetzt kennst du die ganze Geschichte und weißt, warum ich hier sitze, aus dem Fenster starre und auf deine Hilfe angewiesen bin.«

»Ich weiß nicht, ob ich dir weiterhelfen kann, Kindchen«, erwiderte Erika, und ergriff dabei gleich einer Mutter, die sich um ihr Kind sorgte, Janas Hand.

»Das Belladonna wurde nämlich vor knapp einem Jahr dicht gemacht. Eine ganz üble Sache, wenn man den Zeitungsartikeln glauben darf. Wie viel davon der Wahrheit entspricht, kann ich dir nicht sagen, ich kann nur sagen, was ich weiß und was ich gelesen habe. Ein Schmierfink, dessen Name mir entfallen ist, war angeblich maßgeblich daran beteiligt. Ich mag ja die Leute von der Zeitung nicht und am allerwenigsten kann ich diejenigen ausstehen, die über Leichen gehen, aber wenn nur die Hälfte seiner Recherchen zutrifft, dann Hut ab. Dann war es höchste Zeit, dass der Laden geschlossen wurde. Der Mann hatte Mut. Allerdings möchte ich nicht in seiner Haut stecken, denn vor dieser Sorte von Menschen, die Lokale wie das Belladonna betreiben, sollte man sich besser in Acht nehmen. Die fackeln nicht lange, und wenn ihnen etwas gegen den Strich geht, dann können sie schon mal ihre Fäuste sprechen lassen. Glaube mir, das kann dann ganz schön ungemütlich werden.«

Mit jedem Satz, der aus Erikas Mund kam, fühlte sich Jana in ihrer Vermutung bestätigt, und gleichzeitig stieg mit jedem Wort ihre Verzweiflung. Das Belladonna und Elenas Verschwinden hatten irgendwie miteinander zu tun. War es Intuition, das sie zu diesem Gefühl trieb, und sie unumstößlich daran glauben ließ, oder schlichtweg die traurige Tatsache, dass sie sonst nicht sehr viel mehr in der Hand hatte? Jana konnte sich diese Frage nicht beantworten und mit zunehmender Dauer des Gesprächs war die Antwort darauf auch weniger wichtig geworden. Das Belladonna war geschlossen worden und damit schmolz auch ihr letzter Hoffnungsschimmer, Elena zu finden, wie Butter in der Sonne.

»Tut mir leid, Kindchen, aber so wie es aussieht, kommst du einige Monate zu spät. Aber lass den Kopf nicht hängen, irgendwie werden wir dein Mädchen schon finden. Wo schläfst du denn heute?«

Jana zuckte mit den Schultern. Jeglicher Antrieb war aus ihrem Gesicht, aus ihrem Körper gewichen.

»Wenn du willst ...« Erika legte einen Schlüssel auf den Tisch. »Meine Wohnung ist nicht gerade groß, aber du ziehst ja nicht bei mir ein. Sie ist hier im zweiten Stock, Türnummer 13. Gleich über dem Lokal.« Erika deutete mit dem Kinn nach oben. »Du kannst schon mal vorgehen oder hier bleiben. Wie du willst. Ich arbeite bis zwei Uhr nachts.«

Wien 2003 (Jana)

Das viele Glas und der Marmor waren erdrückend und hatten Jana beinahe zum Umkehren gezwungen. War sie nicht gerade der Straßenbahn entstiegen, eine Straße entlanggelaufen und durch eine schlicht wirkende Tür getreten? Mit so viel Prunk konnte sie nicht rechnen, auch wenn Erika sie bestens vorbereitet hatte.

In der letzten Nacht hatten sie lange zusammengesessen und sich weitere Schritte überlegt, bis Jana, von ruhelosen Nächten gezeichnet, todmüde auf der Couch zusammensackte und binnen Sekunden eingeschlafen war. Erika hingegen war noch wach geblieben und hatte das Internet nach Informationen zu Wien und dem Belladonna durchforstet. Es war gegen fünf Uhr früh, als sie endlich fand, wonach sie gesucht hatte.

»Erika, meine Liebe, ich glaube, ich habe dich von Anfang an völlig unterschätzt«, gestand Jana, als sie sich von dem Anblick des beeindruckenden Foyers einigermaßen erholt hatte. Wie schnell man Leute nach ihrem Äußeren beurteilt.

»Diese Zeitung ist nicht irgendein kleines, unbedeutendes Schmierenblatt«, hatte ihr die Kellnerin prophezeit, als sie mit einer Tasse Kaffee am nächsten Morgen vor ihrer Couch stand und sie über ihre Internetrecherchen der letzten Stunden in Kenntnis setzte.

»Du wirst es merken, sobald du die Eingangshalle betrittst. Die Leute sind wie ihr Mobiliar. Sie geben vor, mehr zu sein, als sie in Wirklichkeit sind. Es wird nicht einfach für dich werden, an die richtige Stelle zu kommen. Auch wenn ich nur eine unbedeutende Wirtin bin, aber an Erfahrung und Menschenkenntnis kann mir keiner was vormachen. Wenn du dorthin gehst, dann darfst du eines nicht sein: unsicher! Sie dürfen nicht das Gefühl haben, dass du etwas von Ihnen willst. Vielmehr musst du sie spüren lassen, *du* hättest wichtige Informationen für sie. Dreh den Spieß um!«

Erika hatte ihr den Laden bis ins kleinste Detail beschrieben. Angefangen von der unscheinbaren Tür, die von der Verkehrsstraße her nichts vermuten ließ, über die meterhohen, in Goldrahmen gefassten Spiegelfronten bis hin zu der in hellem Marmor gehaltenen Empfangssäule, die in der Mitte des Foyers thronte und mit einem Concierge besetzt war. Zuletzt hatte sie ihr noch den Namen jenes Reporters aufgeschrieben, der den Nachtclub Belladonna zu Fall gebracht hatte. Jana verhielt sich das Lachen, denn Erikas Beschreibung, das Ambiente gliche einem venezianischen Maskenball, traf haargenau zu. Allein dem Concierge fehlten die Perücke und der Stab des Zeremonienmeisters, denn ansonsten wäre die Zeitreise in die Vergangenheit perfekt gewesen. »Für was sie den ganzen Firlefanz brauchen, frag mich nicht, meine Süße«, hatte Erika ihrer Schilderung fortgesetzt. »Reines Machtgehabe. Du kennst ja das alte Sprichwort: Außen hui, innen pfui.«

»Ich kann Ihrem Wunsch nicht nachkommen«, sagte der Empfangsherr, steif über seinen Computer gebeugt. »Ich kann keinen Eintrag finden. Wie war noch mal Ihr Name? Novak?«

»Novak. Jana Novak. Ich bin extra aus Polen angereist in einer höchst prekären Angelegenheit. Bitte sagen Sie Herrn Voigt, dass ich hier auf ihn warte.«

»Mit Verlaub, auch wenn ich mich wiederhole! Herr Voigt ist nicht zu sprechen. Weder für eine Novak noch für eine Sonstirgendwen. Ich bitte Sie, verlassen Sie das Gebäude, bevor ich den Sicherheitsdienst damit beauftragen muss.«

»Aber Herr Voigt hatte mir am Telefon …« rief Jana und wurde mitten im Satz unterbrochen. Zwei Wachmänner waren aus dem Nichts neben der Empfangssäule aufgetaucht. Unaufgefordert schritten sie zur Tat und zerrten Jana in Richtung Ausgang, als plötzlich eine Frage durch den Raum hallte und alle Beteiligten zum Innehalten zwang: »Was, meinten Sie, hätte Herr Voigt am Telefon zu Ihnen gesagt?«

Wie ein Wurm kroch der in eine schwarz-weiße Livree gehüllte Empfangschef aus seiner Versenkung, um sich in gebeugter Haltung bei eben jenem Mann zu entschuldigen, der gerade dem Lift entstiegen war.

»Herr Voigt, ich bitte vielmals um Entschuldigung. Ich konnte diese Person nicht abwimmeln. Sie gab vor, einen Termin mit Ihnen zu haben.«

»Schon gut, Johann. Ich kümmere mich darum. Meine Herren …« Florestan Voigt bedachte den Wachdienst mit einem freundlichen Lächeln. »Ich glaube, die Situation ist unter Kontrolle. Sie können die Dame wieder loslassen.«

Florestan musterte die Frau, die selbst die strengen Sicherheitsvorkehrungen des Hauses nicht hatten abschrecken können, um ihn zu treffen. Was er sah, gefiel ihm.

»Was für ein Glück. Ich kam wohl zur rechten Zeit. Wenn ich mich vorstellen darf. Voigt. Florestan Voigt. Stehe zu Ihren Diensten.« Er machte eine angedeutete Verbeugung vor Jana und mit einem Lächeln im Gesicht führte er sie auf die Straße hinaus. »Ich bin leider in Eile. Ein wichtiger Termin, aber wenn Sie wollen, können Sie mich ein Stückchen begleiten.« Mit einem Handzeichen rief er ein Taxi herbei. »Dann können Sie mir endlich verraten, was wir am Telefon vereinbart haben. Ich kann mich nämlich an nichts erinnern.«

Wien 2003 (Jana)

Völlig aufgelöst stand sie am Straßenrand und blickte dem Taxi nach, dem sie wenige Sekunden zuvor entstiegen war. Unbewusst war ihr Arm hochgeschnellt und sie hatte ihm freudestrahlend nachgewinkt, bis er um die Ecke gebogen und aus ihrem Blickfeld verschwunden war.

Was war das eben? Gefühlsausbrüche dieser Art gehörten nicht zu ihrem Alltag. Wie lange hatte die Fahrt gedauert? Eine Stunde? Einen Tag? Sie hatte jeglichen Sinn für Zeit und Raum verloren. Hatte er nicht gesagt, er hätte einen Termin, sei in Eile, sie könne ihn jedoch gerne ein Stückchen begleiten, sofern es ihr Zeitplan zuließe? Kurz entschlossen hatte sie diesem Vorschlag zugestimmt, eine bessere Möglichkeit, ihm ihr Anliegen zu schildern und ihn um Hilfe zu bitten, würde sich ihr nicht mehr bieten.

Letzen Endes verlief alles ganz anders. Florestan Voigt hatte die Taxifahrt zu einer Sightseeing-Tour durch Österreichs Hauptstadt umgewandelt, wie sie, die Jahreszeit berücksichtigend, schöner nicht hätte sein können. Vorbei am Riesenrad und den prächtigen Bauten der

Ringstraße fuhren sie kreuz und quer durch Stadt. Jana war beeindruckt, denn der gut aussehende Mann neben ihr wusste zu jedem Gebäude etwas zu erzählen. Politische oder geschichtliche Hintergründe prasselten nur so aus ihm heraus und entlockten seiner Begleiterin immer nur ein erstauntes Oh und Ah. Selbst bei den unscheinbar wirkenden Gebäuden, die sie passierten, wusste er durch Insider-Informationen, wie er es nannte, von aktuellem Tratsch und Klatsch zu berichten.

Die Zeit verging im Flug. Elena, das Belladonna, die beiden Gründe, deretwegen sie nach Wien gefahren war ... alles geriet in Vergessenheit. Alles hatte sich in nichts aufgelöst oder war in irgendeinen entlegenen Winkel ihres Gehirns gedrängt worden. Nachdem sie dann dem Wagen entstiegen war, wusste sie nur eines: Sie musste ihn wiedersehen. Unbedingt. Schon allein, um endlich ihre Anliegen vorzubringen.

Langsam senkte sich ihr Arm, der nicht müde geworden war, dem Taxi nachzuwinken. Wie gern hätte Jana jetzt ihr eigenes Gesicht gesehen. Ihr Blick hätte sie sicherlich verraten. Sie hatte den Satz kaum zu Ende gedacht, als ihr bewusst wurde, dass aus dem »hätte« ein »hatte« geworden sein musste. Welchen Grund gab es sonst für einen wildfremden Mann, einer wildfremden Frau seine Visitenkarte in die Hand zu drücken und sich für den Abend mit ihr zu verabreden.

Sie schämte sich ein wenig für ihr offensichtliches Gehabe, das einem Teenagern glich, der sich bereits beim ersten Date Hals über Kopf in sein Gegenüber verliebt hatte. Von einem Teenager war sie mit ihren 23 Jahren ja nicht allzu weit entfernt, nur hätte sie sich für weitaus professioneller gehalten. Je länger sie darüber nachdachte, desto mehr ärgerte sie sich über ihr Verhalten, das seinen Höhepunkt darin fand, dass sie beim Aussteigen aus dem Auto weder den Straßennamen noch den Namen von Erikas Bar nennen konnte. Ohne Zweifel: Ihr Blick dürfte Bände gesprochen haben.

Florestan Voigt hatte sie zu seinem Bürokomplex zurückgebracht, ihr die Fahrzeugtür aufgehalten und zum Abschied ein Küsschen auf die Wange gedrückt. »Hier ist meine Karte. Wähle die zweite Nummer, die von meinem Handy. Wo auch immer du wohnst, mein Wagen wird heute um acht vor deiner Tür stehen.«

Mit vereinten Kräften durchwühlten sie Erikas Kleiderschrank nach etwas Passendem für den Abend. Sie fanden eine Kombination aus Kleid und Weste in einem zarten Blau, und da beide Frauen über die annähernd gleiche Figur verfügten, passte es wie angegossen.

»Wie kommt es, dass Sie meine Lieblingsfarbe kennen?«, staunte er, als er sie abholte. »Ich kann mich nicht erinnern, sie Ihnen verraten zu haben. Kompliment!

Auch wenn das Blau Ihres Kleides ein anderes ist als das Ihrer Augen … sie harmonieren hervorragend miteinander.«

Er war von ihrer Erscheinung mehr als entzückt. Die Polin gefiel ihm. Sein Wagen hatte pünktlich um acht Uhr abends vor der Nova-Bar gestanden, und auch wenn er es, so gut es ging, verbergen wollte, diesmal war es *sein* Blick, der Bände sprach.

»Mit Verlaub, es gibt weitaus angenehmere Wohnviertel.« Er zog seine Augenbrauen hoch und schloss hinter ihr die Wagentür. »Doch auch diese Gegend hier hat ihre Geschichte. Sie werden es nicht wissen, aber bevor der zweite Wiener Gemeindebezirk zur Leopoldstadt wurde, war es für viele noch die alte ‚Mazzesinsel‘.«

Jana blickte ihn mit großen Augen an. Jetzt war sie es, die ihre Brauen erstaunt nach oben zog und um Erklärung bat. »Mazzes kommt von Matze«, gab Florestan Voigt zum Besten. »Seit ewigen Zeiten leben hier in dieser Gegend sehr viele Juden. Matze war das Brot, das die jüdischen Bäcker zu ihren Festtagen buken. Kennen Sie diese Art von Brot? Ein dünner, ungesäuerter Fladen. Schmeckt gar nicht so schlecht.«

Als er an dem ehemaligen Nachtclub Belladonna vorbeifuhr, drosselte er etwas die Geschwindigkeit seines Autos und blickte an der Hausfassade empor.

»Aber auch heutzutage verbergen diese Mauern

recht seltsame, ja geradezu pikante Geschichten. Sie würden sich wundern, und auch erschrecken, wenn Sie wüssten, was alles hinter diesen harmlos anmutenden Häusern stattfindet.« Florestan schüttelte abfällig den Kopf und gab Gas.

***

»Wie ist es gelaufen, Schätzchen?« Erika hatte ihre Nova-Bar geschlossen, war nach oben gegangen und machte es sich gerade in ihrem Bett gemütlich, als sie Schritte an der Haustüre hörte und Jana kurze Zeit später die Wohnung betrat.

»Furchtbar«, sagte die Polin und verbarg ihr Gesicht hinter ihren Händen. »Schrecklich! Unvorstellbar! Also diese …«

»Das tut mir aber leid«, fuhr Erika ihr ins Wort. »Diese Männer … sind doch überall gleich. Alle Miststücke. Man sollte sie alle auf den Mond schießen oder in der Hölle verbrennen.«

»Was …?« Jana war verwirrt und noch ganz in Gedanken bei dem soeben erlebten Abend. »Entschuldige, aber ich bin nicht ganz bei der Sache. Wen, sagtest du, willst du in der Hölle schmachten lassen?«

»Na, den Kerl, den du eben gerade getroffen hast. Den Reporter, diesen Schmierfinken.«

»Ach du meine Güte!« Jana lachte laut und klärte die Kellnerin auf. »Du hast da wohl etwas falsch verstanden. Florestan ist herrlich. Ein wahres Geschenk. Mit furchtbar und schrecklich meinte ich nicht ihn. Um Gottes willen … nein. Florestan ist … er ist … wie soll ich es nur beschreiben …«

»Du brauchst nicht weiterzureden, meine Liebe. Ich habe dich schon verstanden.«

»Nein, nein!« Jana setzte sich zu Erika ans Bett und strahlte übers ganze Gesicht. »Florestan ist fantastisch, zumindest war es der Abend mit ihm. Furchtbar und schrecklich sind nur seine Geschichten über das Belladonna gewesen.« Janas Gefühlswelt schwankte zwischen Glückseligkeit und tiefster Traurigkeit. »Ich soll morgen zu ihm in sein Büro kommen. Er wird mir einige Fotos von den Mädchen zeigen, die dort gearbeitet haben. Vielleicht ist eines von Elena dabei.«

»Jetzt schön langsam, Schätzchen. Beruhige dich ein wenig.« Die Barbesitzerin legte ihr den Arm um die Schulter und drückte sie an sich. »Jetzt erzähle mal deiner lieben Erika alles von Anfang an.«

Es war vier Uhr morgens, als Jana mit ihren Schilderungen geendet hatte. Das Belladonna, so hatte ihr Florestan mitgeteilt, war nichts anderes als ein Nobel-Etablissement, das sein Geld ausschließlich mit der Vermittlung von Frauen machte. Für die Reichen und

Schönen dieser Stadt. Sie riefen dort an, mieteten sich eines oder mehrere dieser Mädchen, um ihren Partys, ihren Geburtstagen oder Geschäftsabschlüssen den gewissen Pep zu geben.

Der Rahmen dieser Festivitäten war unterschiedlich. Mal klein, mal groß. Ebenso variierte auch die Anzahl der Männer, die sich dort vergnügten. Nicht selten wurde nur ein Mädchen bestellt, deren Aufgabe es dann war, sämtliche Männer vor Ort gleichzeitig zu bedienen. Römische Orgien in edlem Ambiente oder perverse Spielchen in Lack und Leder. Die Ideen der Männerwelt waren grenzenlos und folgten nur einem Ziel: die Mädchen zu schänden und zu demütigen. Irgendwann bat Jana ihn, er möge mit seinen Geschichten über das Belladonna aufhören. Sie hätte genug gehört. Allein die Vorstellung, Elena in den Klauen dieser brutalen und rücksichtslosen Herren zu wissen, verursachte ihr Gänsehaut.

»Die Zeitungsberichte waren also nur die Spitze des Eisberges«, bemerkte Erika kopfschüttelnd. »Wozu die Männer nur fähig sind. Diese Schweine! Wo wir doch wieder am Anfang wären: Sie sollten allesamt in der Hölle verbrennen.«

***

»Sieh sie dir alle in Ruhe durch. Vielleicht findest du ja ein Foto deiner Freundin.« Florestan hatte Jana eine Tasse Kaffee auf den Tisch gestellt. Nervös blätterte sie die dicke Mappe durch, die er ihr gereicht hatte. Auf jeder Seite war eines der Mädchen abgebildet. Einige trugen Reizwäsche, viele allerdings waren nackt und ließen mit ihren Posen keinerlei Zweifel aufkommen, wozu sie bereit waren. In wenigen Sätzen wurden Name, Nationalität und der jeweilige Service, den sie anboten, aufgelistet.

»Mein Gott, wie alt sind diese Frauen? Erwähntest du nicht, der Großteil von ihnen sei zwischen fünfzehn und zwanzig Jahren? Die sehen doch alle älter aus!«

»Papier ist geduldig und die Bearbeitungsprogramme für Fotos … da ist vieles möglich.« Florestan lachte, obwohl die Thematik alles andere als lustig war. Er zog sich einen weiteren Sessel herbei und ließ sich neben Jana nieder.

»Im Normalfall werden diese Programme benutzt, um Falten zu kaschieren und Fettpölsterchen zu retuschieren. In dieser Branche dienen sie dazu, den Kunden ein falsches Alter vorzutäuschen. Alle wollen die jungen Dinger, nur will es keiner zugeben. Weder die Agentur noch der Kunde. Darum greift man zu diesen technischen Hilfsmitteln und lässt die Mädchen älter ausschauen, als sie in Wirklichkeit sind. So einfach ist

das. Und es funktioniert. Bei meinen Recherchen …
was ich da alles erfahren habe … also …«

Florestan schüttelte sich, als wolle er ein ekelhaftes
Tier loswerden.

»Was hat es letzten Endes zu Fall gebracht?«, fragte
Jana, als sie die Mappe durchgeblättert hatte. Von Elena
gab es nicht die geringste Spur. »Das Belladonna … warum wurde es dicht gemacht?«

»Den Ausschlag gab das Auffinden einer weib-
lichen Leiche. Die Obduktion ergab, dass sie bestenfalls sechszehn Jahre alt war. Du musst nur zweimal
zurückblättern. Sie hieß Silvana. Zumindest war das
der Name, der unter ihrem Bild zu lesen war. Eine
Ungarin. Sie wurde in ein Hotelzimmer bestellt. Wie
viele sich damals an ihr vergangen hatten, konnten die
Ermittlungen nicht herausfinden. Man ging von vier
bis sechs Männern aus. In ihrem Blut fanden sich Reste
von Koks, Crystal und noch einem anderen neumodi-
schen Zeug. Die Party dürfte eskaliert sein. Die Männer
waren wohl in Panik geraten und abgehauen. Sie hatten nicht einmal versucht, ihre Spuren zu verwischen.
Ein Zimmermädchen fand sie am nächsten Morgen.
Silvanas Handy führte zum Belladonna und zu einem
gewissen Franz Mauerbacher, den alle in der Szene nur
Frankie nannten. Von den Tätern«, Florestan zuckte
mit den Schultern, »fehlt nach wie vor jede Spur. Wie

vom Erdboden verschluckt. Das Hotelzimmer war von einer nicht existenten Agentur gemietet worden. Man konnte nichts zurückverfolgen.«

»Und Frankie … du hast von ihm in der Vergangenheit gesprochen. Was geschah mit ihm?«

»Frankie, der arme Teufel, wurde wenige Tage nach Bekanntwerden der ganzen Geschichte auf einer Mülldeponie am Rande der Stadt gefunden. Sie hatten ihn wie ein Sieb durchlöchert. Zweiundzwanzig Schuss hatte man ihm verpasst, wenn ich mich recht erinnere. Viel war von ihm nicht übrig geblieben. Den Rest besorgten hungrige Ratten. Die Mörder laufen immer noch frei herum.«

Florestan nickte angewidert. »Auch das ist Wien!«

***

Jana blieb noch eine weitere Woche in Wien. Sieben wundervolle Tage und Nächte, in denen sie und Florestan sich sehr nah gekommen waren. Näher als ursprünglich geplant und als ihnen lieb war. Von einer gemeinsamen Zukunft hatte weder er noch sie gesprochen. Obwohl sie beide ungebunden waren, wussten sie den Ausgang ihrer Geschichte bereits von Anfang an. Sein Wien würde nie ihr Wien werden und auch ihr Warschau würde nie und nimmer sein Warschau sein. Sie nahmen sich vor, in Kontakt zu bleiben, und tauschten Telefonnummern und Adressen.

»Vielleicht sehen wir uns ja eines Tages wieder. Die Welt ist oft kleiner als man denkt.« Mit Tränen in den Augen hatte sie sich zum Bahnhof bringen lassen. Als Florestan sich anschickte, mit auf den Bahnsteig zu gehen, winkte sie ab. Sie sei im Abschiednehmen nicht besonders gut, sagte sie, drückte ihm einen Kuss auf die Wange und verließ, ohne ein weiteres Wort zu verlieren, seinen Wagen.

»Jana«, rief ihr Florestan nach und hatte sich dabei weit aus dem Fenster gebeugt. »Wie ist das Wetter um diese Jahreszeit in Warschau?« Die Frage war sichtlich unpassend, das wusste er, nur er musste irgendetwas fragen, um das Unausweichliche hinauszuzögern.

»Kälter als hier. Du würdest es nicht mögen.«

TEIL 3

Warschau 2003 (Elena)

Ein zart rosa Lichtschimmer zeigte sich am Horizont. Der Morgen graute und drängte das Schwarz der Nacht hinter die Berge. Sanfte Hügelketten reihten sich aneinander. Mal höher mal tiefer, allerdings nie hoch genug, dass der Schnee im Winter liegen geblieben wäre, obwohl auch in dieser Gegend die Temperaturen beträchtlich unter null sinken konnten. Der Schnee zeigte sich bestenfalls auf den Kuppen, die dann wie Zuckerkronen erschienen. Orte gab es nur wenige in dieser Region. Die Grenznähe zu Tschechien hatte in den vergangenen Jahrzehnten eine stärkere Besiedelung verhindert.

Mit dem Wegfall des Eisernen Vorhanges wurde die Situation kaum besser. Selbst wenn in den Grenzdörfern ein finanzieller Aufschwung zu verzeichnen war, bereits wenige Kilometer davon entfernt war von der Öffnung zum Osten Europas nichts zu spüren. Bestellte Landstriche, auf denen Mais und Getreide wuchsen. Einzelne Gehöfte, dichter Mischwald und zahlreiche Burgen und Klöster prägten das Landschaftsbild.

Elena erwachte in einem Bett, das nicht ihres war.

Sie schnellte hoch und fand sich in einem verdunkelten Zimmer wieder. Wo war sie? Was war geschehen? Ihr fehlte die Erinnerung, und pochende Kopfschmerzen machten ein vernünftiges Denken unmöglich. Sie blickte um sich. Soweit es die Dunkelheit zuließ, konnte sie erkennen, dass sie sich allein in einer Kammer befand, die lediglich eine Tür, aber kein Fenster besaß. Das Mauerwerk war unverputzt und glich einem Kerker.

Plötzlich hörte sie Andreas' Stimme und wollte schon »Hier! Hier bin ich« rufen, als sie erstarrte. Das, was sie hörte, die Worte, die sie von draußen vernahm, waren nicht das, was sie hören wollte, und bestätigten ihren Verdacht. Die Kammer war ein Verlies und sie, Elena Kowalski, war eine Gefangene. Ohne Zweifel. Es war Andreas, der da mit einem anderen Mann sprach.

»Du bist viel zu früh«, sagte die eine Stimme, die sie nicht kannte. »Der Transport geht erst in drei bis vier Tagen. Vielleicht auch erst in fünf, je nachdem, wie lange die andere Lieferung noch dauert. Rote Fotzen sind Mangelware. Die Scheiche stehen allerdings darauf. Zahlen ungemein viel für rote Bräute. Allerdings muss es eine richtig Rothaarige sein. Sie sollte keinesfalls darauf getrimmt sein.«

Elena hörte sein Lachen, das hämisch und dreckig klang. »Die da unten stehen noch auf Pelz zwischen den Beinen. Da kann ihnen niemand ein X für ein U vormachen. Aber zu der Kleinen hier drinnen … ich denke mal, wir werden die Zeit mit ihr schon nutzen können.«

»Es gab ein kleineres Problem«, erwiderte Andreas. »Wir mussten früher als geplant los. Ihre Freundin hat Verdacht geschöpft und darum mussten wir mitten in der Nacht aufbrechen.«

Und plötzlich war die Erinnerung wieder vollends zurückgekehrt. Die ganze Geschichte mit Andreas. Das höchst ungewöhnliche Kennenlernen, das ihre Freundin Jana als so eigenartig empfunden hatte. Seine Bemühungen um sie. Die ewigen Telefonate, zu denen er meistens den Raum verließ. Die Gespräche mit diesem ominösen Freund hatten ihn immer ein wenig verändert. Nach diesen Telefonaten war er jedes Mal irgendwie komisch gewesen. Anders. Auf ihre Frage, wer ihn denn so häufig anrufen würde, hatte sie nie eine richtige Antwort erhalten. Ein Freund, hieß es nur lapidar.

Nachdem sie dieses Gespräch vor ihrer Tür belauscht hatte, war alles offensichtlich und mehr als eindeutig. Sie war einem Mädchenhändler auf den Leim gegangen. Ohne Frage! Der mehr als kritische Blick von Andreas fiel ihr wieder ein, als sie nackt zu ihm ins Bett gekrochen war und er ihre Intimrasur sah. Seine eigenartige Nachfrage, ob sie auch wirklich blond sei.

Nein, es bestand nicht der geringste Zweifel mehr. Sie, Elena, verkörpere die blonde Ladung, und jetzt wartete man auf die rothaarige, bis es dann weiterging, wohin auch immer.

»Was ist mit ihrer Freundin? Du sagtest, sie hätte Wind davon bekommen. Weiß sie von uns und unseren Geschäften?«

»Nein! Sie wurde nur misstrauisch und hat versucht, Elena von mir fernzuhalten. Gestern Nacht ist die Sache eskaliert. Die Kleine hat mich angerufen. Ich habe kurzfristig eine Planänderung durchgeführt und nun ist sie hier. Das mit dem Mittel funktioniert astrein. Ein paar Tropfen und sie sind willfährig und gefügig. Was ist das nur für ein Teufelszeug!«

Plötzlich hörte sie das Türschloss und wenig später stand ein Mann bei ihr im Raum.

Breitschultrig, kahlköpfig. Mehr konnte sie in dem gedämpften Licht nicht ausmachen. Der Mann kam auf sie zu.

»Josip«, murmelte er kaum verständlich. »Mein Name ist Josip«, wiederholte er, diesmal lauter und deutlicher. »Ich bin von nun an für dich zuständig. Hast du Hunger?« Ohne die Antwort abzuwarten, setzte er hinzu:»Ich lasse dir was bringen.« Wortlos drehte sich der Kahlgeschorene um und ging zur Tür.

»Wo ist Andreas Hermann?«

Josip wollte gerade die Kammer verlassen, als Elena ihm die Frage nachrief.

»Andreas?« Die Holzdielen ächzten unter der Last der hundertzwanzig Kilo, die sich nun wieder auf sie zubewegten. »Andreas? Ach so, dir hat er sich als Andreas vorgestellt.« Josip lächelte und eine ebenmäßige, weiße Zahnreihe blitze Elena entgegen. »Der Kerl heißt immer irgendwie anders. Mal Hans, mal Erich. In deinem Fall eben Andreas. Ich weiß nicht einmal seinen richtigen Namen. Ist auch völlig belanglos. Ist ohnehin nur ein kleines Rädchen, mehr nicht.«

Josip hielt inne. War die Frau schon reif für das »klärende Gespräch« oder sollte er es auf später verschieben? Er kam zum Entschluss, Elena jetzt schon reinen Wein einzuschenken. »Ich weiß nicht, was er dir erzählt hat. Was es auch war, es war alles gelogen.«

In kurzen Sätzen schilderte ihr der Koloss, was Elena ohnehin schon wusste.

»Du bist ein hübsches Ding. Die Welt, in der wir leben, ist Scheiße.« Mit diesen Worten verließ Josip ihre Zelle.

Alle Unklarheiten waren damit beseitigt. Der menschliche Fleischklotz war ehrlich zu ihr gewesen. Es schien beinahe, als hasse er sich für das, was er tat.

Hätte sie doch nur Janas Worte befolgt.

Plötzlich standen zwei Männer im Zimmer. »Josip

meinte, du hättest Hunger. Wir haben da etwas für dich.«

Mit einem schmutzigen Grinsen in Richtung seines Partners ließ er die Tür ins Schloss fallen.

Wien 2003 (Egon Weinmann)

Gleich einer schwarzen Schlange drängte sich die Menschenmasse an Pater Eduard vorbei, dem Hauptportal der Kirche »Der Heiligen Jungfrau zur Ehre« zu, und nahm im Inneren des kleinen, im romanischen Stil erbauten Gotteshauses Platz. In dunklen Maßanzügen und schwarzen langen Kleidern schlichen sie unter dem aus Stein gehauenen Herrgott hindurch, der oben im Torbogen mit einem sanftmütigen Lächeln die Gläubigen willkommen hieß. Wie durch eine magische Wand getrennt, nahmen die Männer auf der rechten, die Frauen auf der linken Seite Platz – als wäre die Zeit in der Mitte des letzten Jahrtausends stehen geblieben.

Pater Eduard war mit Fleisch und Blut ein Mann Gottes. Ein Franziskaner, groß, vollbärtig, mit gelocktem, nach hinten gebürstetem Haar. Die Herzlichkeit war ihm ins Gesicht geschrieben. Mit einem milden Lächeln stand er, gemäß den Regeln seines Ordens in seiner braunen Kutte, auf der obersten Stufe des doppeltürigen Einlasses und reichte den Vorbeiziehenden seine klobige Hand. Seit mehr als drei Jahrzehnten stand er zu Beginn eines jeden Gottesdienstes am

Hauptportal vor seinem Mariechen, wie er seine Wirkungsstätte heimlich nannte. Wenn man Pater Eduard so stehen sah, konnte man fast glauben, Petrus persönlich wäre auf die Erde zurückgekehrt, um den Sündigen den Eintritt in das Reich Gottes zu ermöglichen.

Der Geistliche war seit dem Jahr 1979 in Amt und Würden. Wenige Monate nach seiner Priesterweihe übernahm er die Gemeinde und er sollte diesen Schritt nie bereuen. Er liebte die Pfarrei und die Gläubigen ihn. Er kannte alle seine Schäfchen, und sein Begrüßungsritual hatte nur bedingt mit Freundlichkeit zu tun. Das Zeremoniell diente vorrangig dazu, sich zu vergewissern, ob auch alle Sünder zugegen waren. Ein Blick in die Gesichter der Menschen reichte oft aus, um zu wissen, wie es um seine Gemeinde stand. Wer mehr Zuwendung bedurfte und wer weniger. »In Zeiten wie diesen«, so betonte er immer wieder, »muss man sich um seine Schäfchen besonders bemühen.« Der Glaube war den Menschen abhandengekommen, so wie vieles in dieser Zeit, und leere Kirchen waren keine Seltenheit. Das Volk hatte sich mit großen Schritten vom katholischen Glauben abgewandt, wollte von Gottes Wort nichts oder nur wenig wissen, und ein bekennender Christ zu sein, war eine Behauptung, die man sich kaum laut und öffentlich auszusprechen getraute.

Es war drei Uhr nachmittags. Eine ungewöhnliche

Zeit für eine Messe, zumal es mitten in der Woche war und die Vorbereitungen für das tags darauf stattfindende Dreikönigsfest in vollem Gange waren. Der Vorplatz hatte sich mittlerweile geleert, und die Menge fand sich, nach Geschlechtern getrennt, im Inneren des düster und kalt anmutenden Gemäuers ein. Auch Pater Eduard war bereits in der Sakristei und trat nun, begleitet von zwei Ministranten in feierlichen weißen Roben, unter Glockengeläut in die Apsis der Kirche.

Der Gang wurde von Monat zu Monat beschwerlicher für ihn. Seit seiner Jugend litt der Geistliche an Multipler Sklerose. In christlicher Demut ertrug der Pfarrer sein Schicksal, dessen Ende aufgrund des zunehmenden Muskelschwundes und der damit verbundenen Atemlähmung grausam und absehbar war. Er nahm die Erkrankung an und seine Gemeinde gewann sogar den Eindruck, dass, je bedrohlicher sein Zustand wurde, er in seinem Wesen und in seinen Worten umso geduldiger und friedvoller war. Der Glaube hatte ihn für das Kommende gestärkt.

Erfreut, diesen Gottesdienst bestreiten zu können, breitete er seine Arme zum Gebet aus und begann die Heilige Messe mit den Worten: »Im Namen des Vaters und des Sohnes und des Heiligen Geistes. Liebe Christengemeinde, liebe Freunde. Wir beten diese Heilige Messe heute für Elvira und Luise Weinmann.« Seine

Stimme war stark und bestimmend. In tiefer Trauer verharrten die Menschen auf den Bänken und schwiegen.

Elvira Schöninger hatte als 26-Jährige in das Imperium Weinmann eingeheiratet. Das Unverständnis ihrer Eltern war groß, war doch der Auserwählte ihres einzigen Kindes nicht nur zehn Jahre älter und bei Gott nicht der Mann, den sich besorgte Eltern für ihre Tochter vorstellen. Zu allem Übel war er auch noch Jude.

Auch aufseiten des Ehemanns erregte die drohende Vermählung gehörigen Unmut, denn die werdenden Schwiegereltern waren felsenfest davon überzeugt, dass hier eindeutig finanzielle Absichten im Vordergrund standen und die Liebe zweitrangig war. Zumal auch eine solche interreligiöse Verbindung mit einer Christin für sie als praktizierende Juden ein Ding der Unmöglichkeit war.

Die Weinmanns waren reich und angesehen. Ein nicht ganz unwesentlicher Aspekt in dieser Stadt und zu dieser Zeit. Ein renommiertes Schmuckgeschäft in der Naglergasse, eine von Wiens Einkaufsmeilen für Gutbetuchte, trug ihr Firmenzeichen über dem Eingang. Wenn man in Wien an Saphire, Brillanten und Diamanten dachte, fiel unweigerlich der Name Weinmann. Ein Begriff seit 250 Jahren, von einer kleinen Unterbrechung in den Jahren 1939–1959 abgesehen. Gemäß alter Tradition wurde das Imperium seit jeher als Familienunternehmen geführt, und es war die Pflicht des jeweils Erstgeborenen, das Geschäft zu übernehmen und, wenn seine Zeit gekommen war, an den Sohn weiterzugeben.

Egon Weinmann war ein Einzelkind und hatte sozusagen keinerlei Chance, sich gegen das ungeschriebene Gesetz aufzulehnen, auch wenn er dem Geschäft mit den Edelsteinen wenig abgewinnen konnte. Er hatte die 68er-Bewegung als 25-Jähriger erlebt und obwohl seither schon ein paar Jährchen vergangen waren, dem Motto der damaligen Generation »Sex, Drugs und Rock 'n' Roll« war er treu geblieben. Nur konnte er seinen Spleen nicht ausleben, dazu war der familiäre Druck, unter dem er stand, zu groß. Bei den Weinmanns wurde Tradition großgeschrieben und nichts und niemand konnte sich dagegen auflehnen. Egon Weinmann unterwarf sich der Gewalt. Er wusste nur zu genau, irgendwann würde auch seine Zeit kommen. Er würde nur abwarten müssen.

Allen Widerständen zum Trotz und aus Liebe zu seiner Frau konvertierte Egon Weinmann und heiratete seine Elvira nach katholischem Ritus. Es war Dezember 1979. Ein ungewöhnliches Datum für eine Vermählung, doch Elvira war bereits in im dritten Monat schwanger und wollte unter keinen Umständen in sichtbar guter Hoffnung vor den Altar treten. Töchterchen Luise kam im Juni 1980 zur Welt und vervollständigte das Glück der jungen Weinmanns. Die Geschäfte liefen gut und eine offenkundige Zufriedenheit hatte sich in der Familie breitgemacht.

Die Unkenrufe, die das junge Paar vor der Eheschließung und auch noch Jahre danach verfolgt hatten, verhallten im Wind. Egon und Elvira waren glücklich und sie waren es bis zu jenem Tag, an dem das Gelöbnis, das sie sich am Hochzeitstag gaben, traurige Realität werden sollte.

Der Tod kam ohne Ankündigung. Eine dunkle, sternenlose Nacht, Unachtsamkeit, eine vereiste Fahrbahn. Ein Sechsunddreißigtonner nahm ihm seine Frau und seine Tochter. Mit einem Schlag war er allein.

Egon Weinmann hatte rechts in der zweiten Reihe Platz genommen. Er wirkte gelassen und ruhig. Die Rede des Paters erreichte ihn nach all den Jahren nicht mehr, zumal sich die Worte gegenüber der letztjährigen und der vorherigen Messe kaum geändert hatte. Der Schicksalsschlag lag schon zu lange zurück, als dass das Gedenken daran ihn mitgenommen hätte. Er hatte abgeschlossen, den schweren Verlust verarbeitet und hätte nun gerne die Vergangenheit ruhen lassen.

Zumal er auch die Meinung vertrat, nicht die Unterstützung eines Geistlichen zu benötigen, wenn er an seine Frau dachte. Das war aber nicht immer so gewesen, und sein ganzer Dank gebührte daher jenem Mann, der nun auf der Kanzel stand.

Der feierlichen Begrüßung folgte wie jedes Jahr eine kurze Abhandlung über Elviras Leben, zu der sich der Geistliche mühevoll auf die Kanzlei geschleppt hatte. Wie immer stellte er die uneigennützigen sozialen Tätigkeiten der Verstorbenen in den Vordergrund. Die näheren Umstände ihres Todes blieben seit jeher unerwähnt. So war es der Wille von Egon Weinmann, der von Beginn an seinen schmerzlichen Verlust nie öffentlich machen wollte und deshalb auch nie sonderlich großen Wert auf diese Zeremonie gelegt hatte.

Auch wenn ihm die Ämter seiner Frau, sie war Mitglied des Kirchenbeirats und des hiesigen Kirchenchors, sehr am Herzen gelegen hatten, und die alljährlich stattfindende Messe ihr Andenken aufrechterhielt, eine kurze formlose Erwähnung ihres Namens im Rahmen des normalen sonntäglichen Kirchengangs hätte seiner Ansicht nach vollends genügt. Seine Schwiegereltern waren anderer Meinung und seit Jahren beugte er sich deren Wunsch.

Als gewiefter Geschäftsmann und erfolgreicher Unternehmer war Egon Weinmann immer ein gern gesehener Gast auf Wohltätigkeitsveranstaltungen gewesen. Man traf und feierte gerne mit den Weinmanns, die diesen elitären Ruf sichtlich genossen und ihn durch großzügige Spendengelder am Leben erhielten. Nach dem Verkehrsunfall änderte sich allerdings dieser Status schlagartig. Aus dem vermeintlichen Partylöwen war ein mittlerweile 53 Jahre alter, grantiger Herr geworden, der vorgab, durch den Schicksalsschlag die Lust am Leben verloren zu haben. Eine Illusion, der er sich gerne hingab.

Im Grunde genommen war Egon Weinmann nie wirklich an all diesen hochrangig besetzten Veranstaltungen interessiert gewesen. Er war und blieb ein Kind der 68er-Generation, die mit den glamourösen High-Society-Clans nichts am Hut hatte.

Es war seine Frau Elvira gewesen, die den gesellschaftlichen Status brauchte wie die Luft zum Leben. Sie verkörperte das Image der Weinmanns. Er fügte sich nur den Wünschen und Sehnsüchten seiner Gattin. Auch wenn es kurzzeitig den Anschein hatte, er würde diesem Lebensstil etwas abgewinnen können, der Tod seiner Frau bewies ihm das Gegenteil. Das gesellschaftliche Leben der Weinmanns trug ausschließlich Elviras Handschrift.

Seine innigsten Bedürfnisse waren dadurch nie gestillt worden. Wie sehr sich doch sein Leben durch diese Heirat verändert hatte. Wo waren all seine Ideen und seine Vorstellungen geblieben? Als Witwer hatte er sich dann in die Isolation zurückgezogen und war von sämtlichen Ämtern und Vorsitzen, die er innehatte, zurückgetreten.

Er verfiel in eine Depression. In langen Gesprächen über Monate hinweg hatte ihn der Geistliche mit all seiner ihm zur Verfügung stehenden Zuneigung wieder aufgerichtet. Allerdings waren die gottesgestützten Bemühungen nur zum Teil erfolgreich gewesen. Seine Gemütslage blieb lustlos und lethargisch, bis zu jenem Tag, an dem ein alter, bereits verloren geglaubter Egon Weinmann durch die Gestalt einer jungen Dame in einem Nachtclub wieder zum Leben erwachte. Über Nacht, sozusagen, wichen die Depressionen und machten Platz für alte, in Vergessenheit geratene Pläne.

Wenige bemerkten seine Verwandlung. Sein schauspielerisches Talent, das ihn über viele Jahre den Mäzen und Partylöwen mimen ließ, kam ihm dabei zu Hilfe. Nur mehr sporadisch meldeten sich depressive Stimmungsmomente zurück. Meistens geschah dies in den dunklen, düsteren Monaten und in der Zeit rund um den Sterbetag seiner Frau und seiner Tochter. Die Anfälle waren nicht von langer Dauer, allerdings war er in diesen Momenten für seine Mitarbeiter völlig unberechenbar. Von jeher galten seinen Anweisungen als unverrückbar und jeglicher Widerstand gegen seine Person wurde nicht geduldet. Eine Order aus seinem

Munde war oberste Prämisse, die es zu befolgen galt. Man vermied es tunlichst, sich diesem ungeschriebenen Gesetz zu widersetzen.

Egon Weinmann wurde unruhig. Er blickte verstohlen auf seine Armbanduhr. Über eine Dreiviertelstunde saß er nun hier auf dieser harten Kirchenbank. Sein Gesäß schmerzte und er begann zu frieren. Wie lange wollte der Pfarrer das Gedenken noch in die Länge ziehen? Immerhin gab es noch andere Verpflichtungen, denen er unbedingt und so rasch wie möglich nachkommen musste. Das Kuvert, das er bei sich trug, beinhaltete eine davon. Zufriedenheit machte sich auf seinem Gesicht breit, als seine Finger in der Innentasche seines Sakkos eben jenes Papier befühlten. Allerdings ahnte er nicht, dass dieser Umschlag sein Leben neuerlich aus den Fugen bringen sollte.

Er hatte das Kuvert wenige Minuten vor Beginn des Gedenkgottesdienstes auf dem Vorplatz der Kirche erhalten. Der Juwelier war eben seiner schwarzen Limousine entstiegen und schritt, gekleidet in einen eleganten, dunkelblauen Anzug, über den Platz auf Pater Eduard zu, als er zunächst nur Reifenquietschen vernahm. Erst danach hörte er jemanden seinen Namen rufen.

Trotz des fehlenden Sonnenlichts bedeckte eine dunkle Sonnenbrille Weinmanns Augen. Für viele seiner Mitarbeiter galt dies als sein Markenzeichen, und nicht selten scherzte man hinter seinem Rücken und nannte ihn den Corleone von Wien. Für ihn war das nahezu ganztägige Tragen der Sonnenbrille eine Marotte, die er sich seit dem Tode seiner Frau angeeignet hatte. Gefühlsregungen öffentlich zu zeigen betrachtete er als Zeichen von Schwäche, die er nicht tolerierte. Weder bei sich noch bei anderen. Fortan gehörten die getönten Gläser zu Egon Weinmann wie die Dunkelheit zur Nacht.

Der schwarze Lieferwagen parkte am Kirchplatz. Weinmann kannte Wagen und Fahrer. Egon Weinmann mochte Josip, den glatzköpfigen, etwas tollpatschig wirkenden Bosnier, der ihm seit über einem Vierteljahrhundert treu zur Seite stand. Er hatte einen Chauffeur gesucht und ihn damals auch als ebensolchen eingestellt. Über die Jahre hinweg entwickelte sich der gewichtige Slawe zu seinem engsten Mitarbeiter, den er sehr häufig zu Rate zog, wenn sich ein Problem ergab. Auch Josip kannte seinen Chef und wusste nur zu genau, wann er stören durfte und wann er besser seinen Mund zu halten hatte.

Die Brisanz der Dinge ließ momentan keinen Aufschub zu. Die beiden Männer reichten sich freundlich die Hände, steckten die Köpfe zusammen und ein Kuvert wurde übergeben.

»Ein kostbarer Edelstein ist eingetroffen und wartet

nun auf seine Prüfung« waren die Worte, die ihm Josip auf die Schnelle ins Ohr geflüstert hatte. Egon Weinmann nickte zuversichtlich, klopfte seinem Mitarbeiter kollegial auf die Schulter. Auf dem Weg zur Kirchentreppe blieb er stehen und öffnete das Kuvert. Konnte das möglich sein? Was er sah, brachte ihn völlig aus dem Konzept und ließ ihn beinahe ohnmächtig werden.

Wien 2003 (Egon Weinmann)

»Im Namen des Vaters, des Sohnes und des Heiligen Geistes. Gehet hin in Frieden.« Mit diesen Worten entließ Pater Eduard seine Gemeinde, die ihm ein »Dank sei Gott dem Herrn« entgegenmurmelten, sich erhoben und dem Ausgang zustrebten.

Überstanden, dachte Egon Weinmann. Überstanden. Auf Beileidsbekundungen von Bekannten und Freunden reagierte er mit einem gequält anmutenden Kopfnicken. Dass Elvira ihm eine gute Frau war und dass sie viel zu früh von dieser Welt gegangen war, wusste er auch ohne die meist wohlwollenden, oft allerdings nur gedankenlos ausgesprochenen Floskeln. Seine Tochter blieb völlig unerwähnt. Je jünger die Verstorbenen waren, desto schwerer tat man sich, darüber zu sprechen.

Automatisch formten seine Lippen das Wort »Danke«, mehrmals, aber nie sprach er es laut aus. Von den Heucheleien genervt schlich er über den Kirchplatz zu seiner schwarzen Limousine, die ihn nach Haus bringen würde.

Die Villa Frech lag am Stadtrand von Wien, nur einen Steinwurf vom Friedhof in Grinzing entfernt. Ein ehrwürdiger Jugendstilbau, dem so manche verruchte Geschichte anhaftete. Wie viel davon der Wahrheit entsprach, konnte jetzt, beinahe eineinhalb Jahrhunderte, nachdem sie erbaut worden war, niemand mehr so genau sagen. Errichtet gegen Ende des 19. Jahrhunderts hätten sich dort die Künstler des Fin de Siècle die Klinke in die Hand gedrückt und rauschende Feste gefeiert. Gerüchten zufolge seien mitunter auch Mitglieder des Kaiserhauses ein- und ausgegangen. Ein mondäner Platz für mondäne Leute. 1938, das Anschlussjahr an Hitler–Deutschland, sei das Anwesen von den Nazis beschlagnahmt worden und die »braune« Gesellschaft, wie die Führungselite der NSDAP im Volksmund des Öfteren genannt worden war, traf sich hier zu dem einen oder anderen Tête-à-Tête.

Umrahmt von einem hohen Zaun und dichtem Blätterwerk konnten die honorigen Herren dort ungesehen verkehren und ihren Festen der etwas anderen Art nachgehen. Unter dem Deckmantel einer »Künstlerloge« avancierte die Villa zu einem Luxus-Etablissement der Nationalsozialisten, die dort ihrer fleischlichen Lust in Form von pikanten, nicht selten perversen Spielchen frönten.

In Kriegszeiten war die Villa Frech ein Platz, der

keine Wünsche unerfüllt ließ. Ein Zufluchtsort, der für Stunden die grausame Realität außerhalb des Gemäuers vergessen ließ. Die Mädchen waren jung und keck, wie der Schaumwein, der in Maßlosigkeit in den Gläsern perlte. In Wien wusste man über diesen Nobelpuff der Nazis bestens Bescheid und man witzelte darüber, dass so manches vom Führer geforderte Gelübde hinter diesen Mauern des Öfteren in Vergessenheit geriet.

Wer dachte schon bei zarten, bereitwillig gespreizten Beinen an deren ethnische Zugehörigkeit. Die Reinheit des deutschen Blutes war in solchen Momenten null und nichtig. Was zählte, waren die jugendlichen Schönheiten mit ihren animalischen, in der Gesellschaft als unschicklich verpönten Derbheiten. Und Damen dieser Art gab es im tausendjährigen Reich genügend.

Im Mai 1945 war der Krieg verloren und ganz Europa ein Trümmerfeld. Aber auch diese Zeit überdauerte die Villa am Stadtrand von Wien weitgehend unbeschadet, und ohne dass sich an ihrer Bestimmung Grundlegendes geändert hatte, öffnete sie nun bereitwillig ihre Tore den Besatzungsmächten. Auch in den kargen Nachkriegsjahren florierte das Gewerbe mit der Fleischeslust. Die Villa lag nach Aufteilung der Siegermächte nun im amerikanischen Sektor, sodass in bestimmten Kreisen der Slogan die Runde machte: »Brown is different now.«

Angesprochen fühlten sich die meist fröhlichen, kaugummikauenden afroamerikanischen Soldaten, die dort ab 1945 verkehrten und den leichten Mädchen um vieles lieber waren als ihre Vorgänger in den braunen Anzügen. Es kam das Jahr 1955 und sämtliche Besatzungsmächte mussten Österreich verlassen. Es wurde still um das Frech.

Ein unabhängiges Österreich war erschaffen worden und der Wiederaufbau schluckte all das vorhandene Geld. Die Freizügigkeit hatte ihren Meister in der Arbeit gefunden. Es dauerte bis zum Jahr 1959, als ein vor den Schergen der Nationalsozialisten zur Flucht gezwungener Jude wieder seinen Fuß in diese Stadt setzte.

Samuel Weinmann war aus seiner Emigration nach Wien zurückgekehrt und hatte die Villa zu einem Spottpreis gekauft. Die Nachfrage nach Objekten dieser Art war gering, denn das Geld war knapp und die Landflucht groß. Die Weinmanns waren in Wien keine Unbekannten. Seit etwas mehr als 200 Jahren handelten sie mit Gold, und ihr Geschäft in den Tuchlauben war weit über die Stadtgrenzen hinaus bekannt. Als kleine Goldschmiede angefangen, betrieben sie bis zum Beginn des zweiten großen Krieges einen der renommiertesten Schmuckläden von Wien. Ein Familienbetrieb, der seit Anbeginn an den Erstgeborenen der Familie weitergegeben wurde. Lediglich während des Dritten

Reichs erlebte der alteingesessene Betrieb eine Zäsur von zwanzig Jahren.

Mit seiner Frau Gertrud und seinem Sohn Egon kehrte Samuel Weinmann in seine alte Heimat zurück. Der Krieg hatte alles verändert. Nichts war mehr so, wie es war, als er es vor zwei Jahrzehnten verlassen hatte. Sein Geschäft und seine Wohnung gab es nicht mehr. Auch die Erinnerung an die Goldschmiedewerkstatt Weinmann war erloschen. Der Wiederaufbau des Landes ermutigte auch die Weinmanns zu einem Neubeginn. In der Naglergasse, nur wenige Meter von seinem ehemaligen Laden entfernt, wurde das neue Geschäft eröffnet. Auch für sein neues Zuhause fand er bald einen passenden Platz. Die Villa am Stadtrand von Wien kannte er schon seit Jugendtagen. Immer wieder war er daran vorbeigegangen und hoffte darauf, das Haus eines Tages sein Eigen nennen zu dürfen. Voller Stolz schritt er kurz vor Jahresende 1959 über die Schwelle nunmehr seiner Villa. Das Glück schien ihm hold zu sein.

Knapp fünfundfünfzig Jahre später rollte nun der schwarze Mercedes über den Kiesweg, der von Birken gesäumt zum mächtigen Eingangsportal der Villa führte. Wie liebte Egon Weinmann das Weiß der schlanken Stämme. Seit dem tragischen Tod seiner beiden Eltern im Jahre 1983 – Gertrud und Samuel Weinmann kamen bei einem Flugzeugabsturz ums Leben – war er der Hausherr. Die Ursache des Absturzes konnte nie geklärt werden. Über Nacht wurde Egon, gemeinsam mit seiner Gattin Elvira, zum alleinigen Firmeninhaber. Ein Ereignis, das den damals 28-jährigen, Cannabis konsumierenden Aussteiger, der nie zuvor in seinem Leben auch nur einen Handgriff getan hatte, in allen Belangen überforderte. Doch er sollte seine Zweifler eines Besseren belehren.

Egon Weinmann wuchs mit den Aufgaben, und der von vielen seiner Kunden erwartete Niedergang des Unternehmens blieb aus. Vielmehr geschah etwas, das niemand für möglich gehalten hatte. Das Unternehmen florierte und erlebte bereits wenige Jahre nach Übernahme seine Blütezeit. Egon Weinmann hätte mit sich und seiner Tätigkeit zufrieden sein können, war er doch der neue Shootingstar in der Branche, der keinem Fest fernblieb und in der Gesellschaft ein gern gesehenes und beliebtes Mitglied war.

Doch allem Erfolg zum Trotz, war es nicht *sein* Leben, das er führte. Eine Wende hatte sich mit der Geburt seiner Tochter Luise vollzogen, allerdings währte dieser Zeitabschnitt nur kurz. Der tragische Unfall nahm ihm seine beiden Liebsten. Seine verzweifelte Suche nach einer Veränderung in seinem

Leben ging weiter. Doch das Schicksal ließ ihn nicht lange warten.

Den Anstoß erhielt er im ehemaligen Lesezimmer seines Vaters. Per Zufall griff er nach einem Buch, in dem Samuel Weinmann alte Fotografien versteckt hatte. Die Ablichtungen waren auf der Rückseite mit dem Jahresstempel 1937 datiert und zeigten seinen ehrwürdigen alten Herrn in eindeutigen Posen, nackt inmitten leicht bekleideter Mädchen.

Als er nun im Fond des Mercedes saß, den Josip über die Auffahrt zu seiner Villa lenkte, fiel ihm diese Entdeckung wieder ein. Die Gefühlsschwankungen von damals schienen ihn erneut zu erfassen. Zunächst war er schockiert darüber gewesen und hatte seinen Vater für sein Doppelspiel verachtet. Irgendwann jedoch überwog das Gefühl der Erleichterung, zu wissen, dass auch sein Vater nur ein Mensch mit all seinen Schwächen war.

»Du kleiner, alter Gauner«, hatte Egon Weinmann vor sich hin geschmunzelt. »Sieh an, sieh an. Von wegen Familienmensch, steif und korrekt! Ein Übermensch, die nie aus der Rolle fiel. Du scheinheiliger Halunke, kanntest also doch auch die Vorzüge des Lebens.«

An gewissen Tagen hatte er sich sogar über die nur allzu menschlichen Neigungen seines Vaters gefreut, auch wenn dieser sie gekonnt vor seiner Familie verborgen hatte. Die Idylle von der perfekten Familie, die Samuel Weinmann ihnen immer vorgelebt hatte, war allem Anschein nach gar nicht so perfekt, zumindest hatte sie durch die Entdeckung der Aufnahmen einen Riss erfahren.

War er nicht wie sein Vater geworden? Führte er nicht auch ein Doppelleben? Und das schon seit Jahren? Allen Vorhaben zum Trotz, nicht so zu werden wie sein Vater, konnte er all diese Fragen nur mit einem klaren Ja beantworten und die Erkenntnis darüber erschütterte ihn jedes Mal von Neuem. Er musste sich die Füße vertreten und stieg schnell aus dem Wagen aus. Wie oft schon hatte er den Vorsatz getroffen, seinem Leben eine andere Richtung zu geben. Immer wieder war er gescheitert. Würde er heute, am Jahrestag von Elviras und Luises Tod, dazu fähig sein? Er griff in die Innentasche seines Sakkos und holte den Umschlag hervor. Regungslos blickte er auf das Bild, bestieg erneut das Auto und gab Josip ein Zeichen, loszufahren.

Es war gegen achtzehn Uhr, als sie ihr Ziel, eine Burg grenznahe zu Tschechien, erreichten und der Wagen das schwere Eisentor passierte. Eine kühle Brise wehte Egon Weinmann entgegen, als er aus dem Wagen stieg und auf das Eingangstor zuging.

Die Zimmer der Mädchen waren mit Videokameras versehen, die jeden Schritt und jede Bewegung aufzeichneten und keinen Winkel unbeobachtet ließen. Egon Weinmann zog sich in den Überwachungsraum zurück, von dem aus er via Knopfdruck in jedes Zimmer schalten konnte.

»Mein Gott«, dachte er, als er sie auf dem Bildschirm erblickte. Er zoomte auf das Gesicht der Frau, die jetzt groß und deutlich vor seinen Augen erschien. »Tatsächlich! Als wäre sie ein Ebenbild von ihr. Wie kann das nur möglich sein?« Völlig fasziniert verharrte er minutenlang vor dem Display. »Diese Ähnlichkeit ist verblüffend«, kam es ihm in den Sinn, als er plötzlich die Starre in ihrem Körper bemerkte.

»Was ist mit ihr?«, fuhr er Josip an. »Was zum Teufel ist passiert?«

Wien 2003 (Egon Weinmann)

Die klobige Sitzgarnitur, bestehend aus einer Couch, zwei Sesseln und einem tiefer gesetzten viereckigen Eichentisch, stand mittig im Besprechungszimmer von Dr. Sigmar Becker und diente als Blickfang der psychiatrischen Praxis. Vielleicht sollte man besser sagen, hatte gedient, denn das Mobiliar, gefertigt aus hochwertigem dunkelbraunem Leder, war in die Jahre gekommen und zeigte deutliche Verschleißzeichen. Besonders die beiden Lederfauteuils waren an manchen Stellen abgewetzt und die Polsterung dermaßen desolat und durchhängend, dass sie ihre Besucher beinahe verschluckten.

Egon Weinmann hatte um einen Termin gebeten und seiner Gewohnheit entsprechend war er um gut eine Viertelstunde zu früh gekommen. »Pünktlichkeit ist eine Tugend, die zusehends in Vergessenheit gerät«, ermahnte er seine Mitarbeiter, wohl wissend, dass er selbst viele Jahre gebraucht hatte, diese Gesinnung zu verinnerlichen.

Wie hatte er den strengen Blick seines Vaters gehasst, der ihn bis ins hohe Alter hin wegen seiner Unpünktlichkeit gescholten hatte. »Mit den Jahren kommen die

Veränderungen«, mutmaßte Egon Weinmann und ließ seinen Blick durch den Behandlungsraum schweifen. Mit einem Lächeln musste er allerdings seine eben aufgestellte Hypothese korrigieren. Sigmar Becker war die viel zitierte Ausnahme von der Regel. Weder an seinen Manieren noch an seiner Arbeitsstätte hatte der Psychiater mit zunehmendem Alter eine Änderung vorgenommen beziehungsweise als nötig erachtet.

Die beiden Männer kannten sich schon seit der Schulzeit. Auch wenn die große Freundschaft ausgeblieben war, man schätzte und respektierte sich, und suchte einander, wenn man in Nöten war. Eine Art Zweckfreundschaft, wie Sigmar ihr Verhältnis einmal bezeichnet hatte, in der der eine die Vorzüge des jeweils anderen schamlos in Anspruch nahm. Hatte man sich nach dem Studienabschluss zunächst etwas aus den Augen verloren, so war die Verbindung zwischen den beiden nach dem tragischen Verkehrsunfall wieder aufgelebt. In jener schwierigen Zeit hatte Egon Sigmar regelmäßig kontaktiert, nutzte dessen Kompetenz und revanchierte sich seinerseits mit hohen Geldzuwendungen, die der geheimen Leidenschaft des Mediziners wiederum zugutekamen.

Egon Weinmann wusste um die Spielsucht seines ehemaligen Schulkollegen und die damit verbundenen finanziellen Schwierigkeiten. Im Gegenzug kannte auch Sigmar Becker die dunklen, justizwidrigen Machenschaften von Egon Weinmann. Ein Pakt des Stillschweigens sorgte dafür, dass nicht darüber gesprochen wurde.

Egon Weinmann war mehr als verärgert. Mit Mühe schälte er sich aus dem Fauteuil und ging unruhig im Zimmer auf und ab. Knapp vierzig Minuten war er nun hier und wartete auf den Mediziner. Seiner Gemütsverfassung folgend hätte er wortlos die Ordination verlassen müssen, allerdings wusste er nur zu gut, dass er den Grund für seine Konsultation mit niemand anderem besprechen konnte. Er ermahnte sich, geduldig auszuharren. Weitere zehn Minuten vergingen, bis sich die Tür zum Behandlungsraum öffnete und Dr. Becker eintrat. Mit gespielter Reue hob er die Hände in die Höhe, bevor er ihm die rechte zum Gruß entgegenstreckte.

»Mein Freund, verzeih, aber heute ist wieder einmal ein Tag, der 48 Stunden dauern könnte und immer noch wäre es zu wenig. Sag, was kann ich für dich tun? Wie geht's dir überhaupt?«

Egon Weinmann nickte wenig zufriedengestellt. »Könnte besser gehen. Sonst würde ich wohl kaum eine geschlagene Stunde auf dich warten«, resümierte er leicht verärgert, kam dann allerdings ohne Umschweife zum Thema. Von den üblichen Begrüßungsfloskeln und den Fragen nach dem gegenseitigen Befinden hielt er wenig, zumal sie abgedroschen und nicht allzu selten nur der Höflichkeit wegen ausgesprochen wurden. Weder er noch sein Gegenüber legte Wert darauf.

»Darf ich offen mit dir sprechen?«

Sigmar Becker zog bei diesen Worten gespannt eine Augenbraue nach oben. Einer stillen Vereinbarung gemäß folgte dieser Einleitung immer eine Unterhaltung, die ausschließlich privater Natur war.

»Du weißt, ich unterliege der ärztlichen Schweigepflicht«, entgegnete der Mediziner mit einem süffisanten Lächeln und signalisierte seine Pakttreue. »Nichts, was hier besprochen wird, verlässt diese Räumlichkeit.«

»Es geht um eines meiner Mädchen«, fuhr Egon Weinmann fort. »Sie … Herrgott noch mal, wie soll ich dir das erklären?« Er stotterte vor sich hin und suchte verzweifelt nach den passenden Worten.

»Sprichst du von einer deiner Nutten?«, warf Sigmar Becker ein.

»Was?« Egon Weinmann wirkte irritiert.

Der Psychiater zog erneut eine Augenbraue hoch, verschränkte die Arme vor seiner Brust und lehnte sich in seinem Stuhl zurück. »Ich habe schon gehört, dass sie dir deinen Laden vor einigen Monaten dichtgemacht haben. Ein totes Mädchen … eine unangenehme Sache. Was tust du jetzt? Hast du deinen Juwelierladen noch?«

»Ja, bestens … alles noch wie gehabt. Der Laden fehlt mit keineswegs. Ich bin im Geschäft geblieben, habe mich allerdings ein wenig anders orientiert. Ich verkaufe jetzt mehr ins Ausland. Asien, arabischer Raum. Da ist richtig gut Geld zu machen.«

»Das kann ich mir vorstellen. Aber ich habe dich unterbrochen. Du sprachst von einem deiner Mädchen. Was ist mit ihr? Wobei kann ich dir helfen?«

»Ach ja, das Mädchen. Richtig. Also die ganze Sache ist etwas kompliziert … in zweierlei Hinsicht. Am besten wird sein, ich fange ganz von vorne an.«

Sigmar Becker nickte zustimmend. »Bitte schön.«

»Sie ist Polin. Einundzwanzig Jahre. Eigentlich wäre sie kommende Woche in die Emirate verkauft worden. Nur … meine Männer haben einen Probelauf mit ihr hingelegt und da … wie soll ich es sagen … dürfte etwas passiert sein.«

»Was ist mit ihr?« Sigmar Becker verharrte in stoischer Ruhe, allerdings verriet seine Stimme, dass er vom trägen Verlauf des Gespräches genervt war. »Mein lieber Egon, wenn du mir nicht endlich sagst, was los ist, kann ich dir wohl kaum helfen.«

»Also gut. Sie haben sie gevögelt und seither ist sie anders.« Egon Weinmann war froh, dass er es endlich herausbekommen hatte. Sichtlich zufriedener hatte er wieder im Lederfauteuil Platz genommen. »Ein hübsches Ding. Viel zu schade für einen dieser Wüstenscheichs.«

Sigmar Becker bemerkte eine Veränderung bei Egon Weinmann. Alle Hektik und Unruhe war mit einem Male von ihm gewichen. Ein beinahe sanfter, regelrecht liebevoller Gesichtsausdruck begleitete seine Geschichte. Der Psychiater war höchst erstaunt. Derartige Gefühlsregungen waren bei seinem Gegenüber völlig neu. Seitdem er Egon Weinmann kannte, hatte er ihn nie in dieser Art und Weise über eines seiner Mädchen sprechen hören. Was war nur los mit seinem alten Schulkameraden?

»Laut Josip ist nichts Besonderes vorgefallen. Alles verlief nach Plan. Wie sonst auch. Er hatte sie auf ihr Zimmer gebracht und dann …«

Egon Weinmanns Gesichtszüge verhärteten sich wieder. Aus der eben beinahe väterlich anmutenden Schilderung der Geschehnisse wurde ein hartes, stakkatoartiges Aneinanderreihen von Tatsachen.

»Zwei meiner Männer. Sie haben sich nicht an die Spielregeln gehalten. Waren nicht gerade zimperlich … und jetzt«, er hielt kurz inne, »jetzt rührt sie sich nicht mehr.«

»Was meinst du mit Sie rührt sich nicht mehr? Ist sie tot?« Der Doktor schoss aus seinem Stuhl hoch. »Nein, Sigmar. Sie ist nicht tot. Um Gottes willen. Was denkst du nur? Nein, sie sitzt nur da und zeigt keinerlei Reaktion. Spricht nicht, isst kaum etwas. Sitzt nur da und blickt durch einen hindurch.«

»Verstehe.« Der Psychiater nickte mit dem Kopf. »Wenn ich kurz zusammenfassen darf: Dein Mädchen ist gerade aus Polen verschleppt worden, ist einundzwanzig und ihr wurden – wie hast du das gerade genannt? – von zweien deiner Mitarbeiter die Spielregeln erklärt. Stimmt das? Wenn ich etwas vergessen oder falsch verstanden haben sollte, bitte korrigiere mich.« Ohne ein Wort zu sagen, bejahte Egon Weinmann die Aussage. »Also wenn du mich nach einer Diagnose fragst … auch wenn ich sie nicht untersucht habe … alles deutet auf PTBS hin.«

Ratlosigkeit zeigte sich in Weinmanns Blick. »PTBS?«, fragte er und bekundete kopfschüttelnd seine Unwissenheit.

»Oh, verzeih mir. Der Jargon der Mediziner! Unter PTBS verstehen wir eine posttraumatische Belastungsstörung. Nach heftigen Erlebnissen, sei es psychischer oder physischer Natur, reagiert der Körper manchmal in dieser Art und Weise, wie du sie mir eben geschildert hast. Er zieht sich in sich zurück, wie eine Schnecke in ihr Haus. Sie ist für ihre Umwelt nicht mehr greifbar. So eine Art Schutzmechanismus. Sie igelt sich ein. Verstehst du? Bei den Vietnamheimkehrern wurde es zum ersten Mal beschrieben. Aber prinzipiell kann jede Form einer akuten Belastungssituation diese Symptome auslösen. Traumatische Erlebnisse, Misshandlungen jeder Art, Vergewaltigungen, um nur einige Beispiele zu nennen. All das kann eine PTBS bewirken. Und um gleich deine nächste Frage zu beantworten: Niemand kann sagen, wie lange dieser Zustand anhält. Oft ein ganzes Leben lang.«

Egon Weinmann wiederholte in Gedanken das eben Gehörte. »Du wirst recht haben mit deiner Annahme, nur …« Er stockte. »Nur, das ist nicht mein Problem.«

»Ich erinnere mich, du hast davor von zwei Angelegenheiten gesprochen. Lass mich raten! Der Emir will sie so nicht haben und möchte eine andere. Du hast sie ihm vertraglich zugesagt und findest auf die Schnelle niemanden?« Der Psychiater witzelte vor sich hin, allerdings verstand sein Gegenüber derartige Späße nicht.

»Mach dich nur lustig.«

»Ich mache mich nicht lustig, nur dein ewiges Hin und Her geht mir langsam auf die Nerven. Bei dir könnte mein Tag sechsunddreißig Stunden dauern und es wäre immer noch zu wenig. Bitte komm zum Punkt.«

»Sie schaut aus wie meine Frau!« Egon Weinmann stieß einen tiefen Seufzer aus. Er hatte das Unmögliche ausgesprochen. Eine angedeutete Entspannung machte sich in ihm breit.

»Was sagst du da?«

»Das Mädchen sieht aus wie meine Frau. Wie Elvira zum Zeitpunkt unseres Kennenlernens. Wenn ich es nicht besser wüsste«, Egon Weinmann stockte erneut, »… ich würde glauben, sie ist es.«

Der Psychiater stutzte und richtete sich in seinem Stuhl auf. »Wie soll ich das verstehen?«, fragte er nach einer kurzen Pause.

»Da gibt es nichts zu verstehen«, herrschte Egon Weinmann ihn an. Allerdings ärgerte er sich sogleich über seine brüske Antwort. Sigmar Becker hatte an dem Dilemma keine Schuld. In einer sanfteren Tonart sprach er weiter. »Es ist so, wie ich es dir gesagt habe. Wirf einen Blick in dieses Kuvert und du wirst mir recht geben.«

Sigmar holte das Bild aus dem Umschlag. Kopfschüttelnd legte er es auf den Tisch. »Wahrhaftig. Auch wenn ich deine Frau erst einige Jahre später kennengelernt habe, die Ähnlichkeit ist frappierend. Daran gibt es nichts zu rütteln. Was willst du jetzt tun?«

»Ich weiß es nicht. Ich bin jetzt sechsundsechzig Jahre alt und lebe davon, dass ich Mädchen an reiche Leute verschachere. Das Geschäft floriert. Besser denn je. Ich kann mir alles leisten. Nur will ich das alles nicht mehr. Mit zunehmendem Alter beginnt man, Resümees zu ziehen. Was im Leben richtig, was falsch ist. Würde ich, wenn ich könnte, irgendetwas anders machen? Etwas besser machen?«

»Das bringt das Älterwerden so mit sich«, pflichtete ihm Sigmar Becker bei. »Ich kenne solche Gedanken und weiß, wovon du sprichst.«

»Wenn ich jetzt so zurückblicke«, sinnierte Weinmann, »hätte ich damals gut daran getan, meine ganze Energie in das Geschäft meines Vaters zu investieren. Nur hat mich der Laden von Kindheit an nie interessiert. Bis heute. Ich kann mit all den Klunkern wenig bis gar nichts anfangen. Aber das hier«, fuhr er fort und schälte sich wieder aus dem Fauteuil, »ich glaube, das mit dem Mädchen und seiner PTSG …«

»Du meinst PTBS … Posttraumatisches Belastungssyndrom«, korrigierte ihn der Psychiater.

»Genau das! Dieses PTBS ist kein Zufall. Ich glaube, das hat alles seinen Sinn. Ich sollte umdenken. Endlich ein sittsames Leben führen. Deshalb ist das alles passiert.«

»Gut möglich. Wer kennt schon sein Schicksal. Was willst du jetzt machen?«

»Ich werde dir sagen, was ich machen werde.«

»Und …?« Sigmar Becker krauste die Stirn. »Was heißt das jetzt im Klartext?«

»Ich habe es mir bereits gut überlegt. Ich werde sie bei mir zu Hause aufnehmen.« Egon Weinmanns Worte klangen durchdacht und ruhig. Überlegungen dieser Art kreisten schon seit Tagen in seinem Kopf herum, allerdings fand er nie den Mut, sie klar auszusprechen. Jetzt hatte er es getan und er stand zu seiner Entscheidung. Ohne Widerrede. Er würde das Mädchen bei sich aufnehmen und hoffen, dass sich ihr Zustand bald besserte.

»Ja, ich werde sie zu mir nach Haus holen«, betonte er nochmals, bedankte sich bei Sigmar Becker für das Gespräch und für die Zeit, die er ihm gewährt hatte. Fest überzeugt davon, das Richtige zu tun, erhob sich Egon Weinmann, reichte seinem Schulkollegen die Hand und verließ ohne ein weiteres Wort die Praxis.

Wien September 2016 – Kirche

Die Menschenschlange bewegte sich mit ruhigen Schritten dem Portal zu. Deutlich kleiner war sie geworden und mit jedem Jahr würde sie noch weiter schrumpfen. Auch das Schwarz, welches noch vor Jahren die Zeremonie dominiert hatte, war anderen Farben gewichen. Die Kirchgänger sah man jetzt mitunter auch in Jeanshosen und -jacken, bunten Sakkos oder dezenten, aber doch farbigen Kleidern das Gotteshaus betreten.

Vieles hatte sich geändert. Die Menschen waren älter, gebrechlicher und die Bekannten und Freunde weniger geworden. Der Zahn der Zeit hatte auch hier nicht haltgemacht und so fand sich nur mehr eine kleine, überschaubare Menge zu dieser Gebetsstunde ein, die vor Jahrzehnten als Gedenkgottesdienst für Elvira und Luise Weinmann ins Leben gerufen worden war.

Es war ein sonniger Nachmittag, die Turmuhr hatte zwei geschlagen. Der Klang der Glocke war von all der Veränderung unbeeindruckt. Aber auch das Gemäuer der altehrwürdigen Kirche »Der Heiligen Jungfrau zur

Ehre« stand unverdrossen an ihrem Platz, und lediglich die Fassade an der Wetterseite bedurfte eines neuen Anstriches. Gut gelaunt schritt Egon Weinmann mit seinem geschrumpften Gefolge durch das Tor, vorbei am gütigen Blick des Herrn, der seit Fertigstellung des Gotteshauses vom Hauptportal aus, verheißungsvoll seine Arme ausbreitend, die Christen zum Gebet einlud.

Auch von der Geschlechtertrennung, wie sie noch unter Pater Eduard unverrückbarer Brauch war, war jetzt nichts mehr zu spüren. Wahllos verteilten sich die Betenden auf die Kirchbänke. Das strenge Gebot »Männer rechts, Frauen links« gehörte seit dem Ableben des ehrwürdigen Paters der Vergangenheit an, ebenso wie die persönliche Begrüßung vor jeder Messe. An Pater Eduards Wirken für die Glaubensgemeinde erinnerte lediglich eine Plakette im Inneren der Kirche, an der Wand gleich rechts hinter dem Haupteinlass.

Sechs Jahre war es nun her, dass ein Geistlicher aus Ruanda seine Stelle als Gemeindepfarrer übernommen hatte. War man zunächst aufgebracht und brüskiert, dass die katholische Kirche einen Schwarzen in ihre Gemeinde entsandt hatte, so hatte Alphonse Uwimanala durch seine ansteckende Fröhlichkeit das Kirchenvolk bald auf seiner Seite, auch wenn bis heute nicht jedes Wort aus seinem Munde verstanden wurde. Durch die Modernisierung des bestehenden Kirchenchores – nicht nur Musikinstrumente wurden zugelassen, sondern auch neue Rhythmen erklangen in den heiligen Hallen – belebte er den Gottesdienst und machte ihn wieder zu einem Fest, dem jeder gerne beiwohnte.

Es war auch Uwimanalas Werk, dass das Schwermütige an dieser Zeremonie verschwunden war. Hatte sich Egon Weinmann bis vor Jahren noch vehement gegen diese Gedenkmesse gesträubt, so hatte er seit einigen Jahren regelrecht Freude an der Veranstaltung. Wie jedes Jahr nahm er in der zweiten Reihe Platz. Ein helles Klingeln mahnte zur Ruhe, das Licht wurde gedimmt und die ersten Takte des Introitus aus Mozarts Requiem erfüllten das alte Gemäuer.

Egon Weinmann schloss seine Augen. Er wusste, welche Position Elena im Chor einnahm. Die Mitglieder standen der Größe nach geordnet, die Kleineren in der ersten Reihe, die Größeren dahinter. Elena stand in der ersten Reihe gleich neben der Kanzel. Vom stummen Fisch, der sie einst gewesen war, als er sie bei sich aufnahm, war nichts mehr geblieben. Vielmehr meinte Egon Weinmann ihre Stimme laut und deutlich unter den anderen herauszuhören, auch wenn sie keinen Solopart innehatte.

Egon Weinmann war dankbar dafür, wie alles gekommen war, hatte er doch in den Anfangsjahren seine Entscheidung des Öfteren massiv bereut. Nicht nur einmal hatte er seinen Freund und Psychiater Sigmar Becker aufgesucht. Ihn um Rat gefragt, wenn er verzweifelt war, weil sich Elenas Zustand nicht veränderte. Und immer wieder bekam er von Dr. Becker ein und dieselbe Antwort: »Die Dauer dieser Posttraumatischen Belastungsreaktion kann nicht vorhergesagt werden. Oft bleibt sie ein Leben lang bestehen, oft bessert sich der Zustand bereits nach wenigen Jahren.«

Die Bücher über dieses Thema häuften sich in dem Lesezimmer der Villa, die Schlussfolgerungen am Ende eines jeden waren immer dieselben und divergierten nicht von Beckers Meinung. Egon und Elena lebten wie Vater und Tochter zusammen in der Villa Frech, auch wenn die Angestellten – ein Hausmädchen, ein Gärtner und ein Koch – genau wussten, dass dieses Verwandtschaftsverhältnis nicht der Wahrheit entsprach. Sie gaben sich mit der Erklärung zufrieden, dass Elena aus einem Waisenhaus stammte, dort schwere Qualen hatte erdulden müssen und nun dankenswerterweise von ihrem Dienstherrn in der Villa Frech aufgenommen worden war. Er bat um Verständnis, falls alles ein wenig anders werden würde, er hege allerdings die Hoffnung, dass sich alles zum Guten wenden würde.

Inzwischen hatte der Chor das Lacrimosa angestimmt. Lacrimosa dies illa. Bei Gott, dieser Tag war alles andere als ein Tag der Tränen.

»Wie sich doch alles fügt, wenn man die Hoffnung nie aufgibt«, dachte sich Egon Weinmann mit tränenfeuchten Augen und spann den Gedankenfaden weiter, »und du siehst, wie weit du mit deiner Einstellung gekommen bist. Wer hätte das von dir erwartet!«

Wie angekündigt hatte sich Egon Weinmann damals aus dem Geschäft mit dem Mädchenhandel zurückgezogen. Josip hatte den Laden übernommen und konnte sich nun mit den Wünschen und Gelüsten der Männerwelt im asiatischen und arabischen Raum herumschlagen. Er, Egon Weinmann, der Sohn eines Goldschmiedemeisters, war wieder mehr im ehemaligen Geschäft seines Vaters anzutreffen. Und wenn es jahrelang unmöglich schien, an der Welt der Brillanten und Saphire Gefallen zu finden … mit zunehmendem Alter fand er ihn.

Wahrlich, Egon Weinmann konnte mehr als zufrieden sein mit seinem Leben. So wie das Schicksal ihm vor Jahren Frau und Kind genommen hatte, so hatte es ihm auch eine neue Tochter beschert.

Requiem aeternam dona eis, Domine, et lux aeterna luceat eis.

Der Mann aus Ruanda breitete sein Arme aus, segnete die Gemeinde und entließ sie in den Tag.

Wien März 2016 (Elena)

»Du könntest mehr aus dir machen. Ich finde du hast Potenzial. Überlege es dir.«

Adam Vesniak ordnete die Notenblätter, stapelte sie übereinander und verstaute sie in der Sakristei. Er hatte schon lange mit ihr darüber sprechen und ihr Privatstunden anbieten wollen. Ein so großes Talent brachliegen zu lassen, sah er als Vergeudung von Ressourcen. Nur wusste er nie so recht, wie er es anstellen sollte, zumal er zunächst mit ihr allein darüber reden wollte. Erst nach ihrer Zustimmung würde er die anderen Chormitglieder darüber informieren.

Adam Vesniak leitete den Kirchenchor seit gut einem Jahr. Als er im Dezember 2015 das Amt übernommen hatte, war die Kirchengemeinde mehr als überrascht gewesen, schien er doch für diesen Job überqualifiziert zu sein. Als ausgebildeter Opernsänger hatte Adam Vesniak in den vergangenen Jahren im Ensemble der Wiener Volksoper Erfolge über Erfolge gefeiert. »Ein Tenor, dessen Namen man sich wird merken müssen«, hatten die Zeitungen ihn gelobt und seine Stimmbreite über allen Maßen gepriesen.

Die Kritiken überschlugen sich beinahe und eine grandiose Laufbahn war ihm prophezeit worden, als seine Karriere von einem auf den anderen Tag ein abruptes Ende fand. Die blanke Fassungslosigkeit war den Musikliebhabern ins Gesicht geschrieben. Ihr Liebling auf dem Weg zur Staatoper gestrauchelt! Wie konnte das sein? Viel würde über den plötzlichen Fall des angehenden Shootingstars gemunkelt. Andeutungen zu angeblichen Affären mit Männern wurden ihm unterstellt, allerdings fehlten exakte Beweise.

Über Nacht war Adam Vesniak von den Brettern, die angeblich die Welt bedeuten, verschwunden. Nach etlichen Wochen in der Versenkung, die Schnelllebigkeit der Zeit hatte seinen Namen nahezu vergessen, übernahm Adam Vesniak den Kirchenchor der »Heiligen Jungfrau zur Ehre«.

Die Gemeinde war anfänglich überrascht und zugleich skeptisch gewesen. Man glaubte, dass nicht alles mit rechten Dingen zugegangen war und sah mit der Anstellung Adam Veskniaks große Probleme auf das Kirchenhaus und die Pfarrgemeinde zukommen. Doch waren diese Vermutungen bald aus dem Weg geräumt. Die Mitglieder sahen vielmehr in der Bestellung des einst gefeierten Stars eine unglaubliche Chance, die sie sich nicht entgehen lassen wollten. Ihre Freude sollte nicht unbegründet sein, denn seit Adam Vesniak den

Taktstock führte, machte der Chor unglaubliche Furore und Gastspiele im In- und Ausland folgten.

»Was sagst du dazu?« Adam Vesniak war aus der Sakristei zurückgekommen und half Elena Weinmann in ihren Mantel. Das Taxi würde jeden Moment vorfahren und die junge Sängerin nach Hause chauffieren. Es war schon spät am Abend und in Bälde würden die Kirchenglocken elf schlagen. Es war der 4. März 2016 und die Probe zum bevorstehenden Osterfest war vor Kurzem zu Ende gegangen. Elena Weinmann hatte ihm geholfen, die restlichen Stühle in den Abstellraum zu tragen. Der Chor traf sich normalerweise einmal pro Woche, vor Konzerten wurde die Frequenz auf zwei- bis dreimal gesteigert. Als Proberaum diente ein der Sakristei angeschlossener Flachbau. Die Chormitglieder waren bereits gegangen und Adam Vesniak war mit Elena Weinmann allein zurückgeblieben.

»Ich weiß nicht so recht. Ich glaube, du überschätzt meine Fähigkeiten. Ich singe gerne, das stimmt schon, aber ob es wirklich zu mehr reicht? Andererseits«, Elena wand sich und suchte nach den passenden Worten, »andererseits bist du ein erfahrener Opernsänger, der einem jungen Ding wie mir keinen Floh ins Ohr setzen würde, wenn er nicht von ihrem Talent überzeugt wäre.«

»Das bin ich. Mehr, als du denkst! Selbst wenn es für eine Weltkarriere nicht reichen wird, denn dazu hättest du weit früher beginnen müssen, aber zu einer Sopranistin in kleineren Opernhäusern ... Ich denke, das könntest du mit Fleiß und Eifer erreichen. Was denkst du? Das Publikum wird begeistert sein. Ganz Wien wird dir zu Füßen liegen.«

Egon Weinmann war sehr angetan von Adam Vesniaks Vorschlag. Elena hatte ihn noch am selben Abend in Kenntnis gesetzt. »Mein kleines Mädchen ... ein gefeierter Star. Wunderbar! Du kannst dir meiner vollen Unterstützung sicher sein. Ich werde diesen Adam ... wie heißt er noch gleich?«

»Vesniak«, erwiderte Elena, »Adam Vesniak.«

»Genau, ich werde Herrn Vesniak gleich morgen in der Früh anrufen und das Geschäftliche mit ihm klären.«

»Nur langsam, Egon. Ich bin ja schließlich nicht die Netrebko!«

»Meine liebe Elena! Ich wünsche mir weder eine Callas noch eine Netrebko. Ich freue mich einfach, dich auf der Bühne zu sehen. Ich werde dein größter Fan sein. Ach Liebes! Ich freue mich so für dich.«

Egon Weinmann nahm sie in seine Arme und drückte sie an sich. Er kämpfte mit den Tränen und war froh, dass Elena seine Rührung nicht mitbekam. Was wäre nur geworden aus dem hübschen Mädchen, wenn er damals, vor vierzehn Jahren, anders gehandelt hätte?

Tag für Tag schlich sich dieser Moment in seine Träume, bemächtigte sich seines Schlafes. Die Erinnerung daran raubte ihm beinahe den Verstand. Er sah jenen Tag noch deutlich vor sich. Die Gedenkfeier für seine Frau und seine Tochter. Das Bild, das ihm Josip vor der Kirche zugesteckt hatte. Die Fassungslosigkeit über diese ungeheuerliche Ähnlichkeit mit Elvira.

Er hatte jede einzelne dieser Szenen vor Augen. Fast greifbar, als wäre es nicht Jahre her, sondern erst gestern gewesen. Beinahe glaubte er, auch den Schmerz zu spüren, als er das Mädchen nach der Schändung völlig apathisch auf dem Bett kauernd sah. Seinen Zorn und seine Wut darüber, die Frage nach der Sinnhaftigkeit seines Lebens, bis hin zu jenem Zeitpunkt, als er für sich die Entscheidung getroffen hatte, diesem Mädchen zu helfen. Ein Mädchen, das durch sein Mitwirken lebensunfähig geworden war und weder essen, sprechen noch gehen konnte. Wollte er durch sein gnädiges Handeln die Absolution für all seine Vergehen erlangen? Wochen und Monate lang hatte er damals über den Büchern gesessen und sich mit dem Phänomen des Posttraumatischen Belastungssyndroms auseinandergesetzt. Hatte nach Therapiemöglichkeiten und Anzeichen für Heilungstendenzen gesucht, während er ihr das Essen eingab, sie das Sprechen lehrte und für sie den Rollstuhl schob.

Elena nahm den Druck seiner Arme wahr und spürte die tiefe Anteilnahme, die diese Umarmung ausdrückte. Dieser Mann gab ihr so viel Herzlichkeit und Liebe, wie sie nur ein Vater für seine Tochter aufbringen konnte. Dass er nicht ihr Vater war, dass wusste Elena seit jenem unglaublichen Erlebnis vor beinahe zehn Jahren. Egon Weinmann selbst hatte es ihr gesagt. Es war zu Allerheiligen gewesen. Am 1. November 2006.

Elena war mit einem ihr damals fremden Mann auf dem Friedhof gewesen, wo die Gräbersegnung gerade beendet worden war. Sie hatte apathisch und des Sprechens nicht fähig im Rollstuhl gesessen, eingehüllt in einem Pelzmantel, als das Wunder geschah. Jahre später hatte sie ihrem Gesangslehrer dieses Ereignis geschildert und es als Art Aufwachen nach einer langen dunklen Reise beschrieben. Doch an jenem besagten Allerheiligentag gab es weder den Musiklehrer noch gab es die Gesangsstunden. Beides lag noch in ferner Zukunft.

An jenem Tage war Elena mit diesem Mann allein auf dem Friedhof. Sie sah ihn die Blumen am Grabe von Elvira und Luise Weinmann niederlegen, als sie plötzlich nach der Todesursache der beiden Verstorbenen fragte. Die Worte kamen völlig überraschend aus ihrem Mund. Mit einer Selbstverständlichkeit, als hätte es nie eine Phase des Schweigens gegeben. Der Mann hatte sich gefreut, und der anfänglichen Aufregung über ihre ersten Worte folgte eine Dankbarkeit, die in einem Stoßgebet zum Himmel endete.

Jahre später sollte sie ihrem Gesangslehrer noch mehr Geschichten über diesen Mann erzählen. Wie er sie, Elena, angeblich auf der Straße aufgelesen hatte. Völlig verwirrt und ohne jegliches Wissen darüber, wer sie war, woher sie kam und was mit ihr geschehen war. Wie er sie bei sich aufgenommen und ihr den Namen Elena gegeben hatte. Über ihre Traurigkeit, als eben jener Mann, den sie Vater nennen wollte, ihr gesagt hätte, dass er nicht ihr Vater sei und deshalb auch nicht so genannt werden wollte. Dies und noch viel mehr hatte sie ihrem Musiklehrer anvertraut. Nur ihren sehnlichsten Wunsch behielt sie für sich. Darüber konnte und wollte sie mit niemandem sprechen. Sie hätte gerne einen Vater gehabt.

Elena Weinmann machte große Fortschritte. Sie und Adam trafen sich in regelmäßigen Abständen. Oft dreimal die Woche. Der Gesangslehrer hatte sich nicht getäuscht. Ein Dreivierteljahr schon dauerte der private Gesangsunterricht. Elenas Stimme reifte von Monat zu Monat und war noch lange nicht an ihrem Höhepunkt angelangt. Doch bald schon war es nicht nur die Musik, die die beiden verband. Eine tiefe Freundschaft hatte sich entwickelt. Adam Vesniak war zu ihrem engsten

Vertrauten geworden und in ihren geheimsten Träumen sogar zu ihrem Liebhaber.

***

Über Nacht hatte es geschneit. Dicke Flocken waren unentwegt vom Himmel gefallen. Es war sieben Uhr morgens, als Elena erwachte und auf den Balkon hinaustrat. Der Garten der Villa Frech war in ein frisches Weiß getunkt. Die ersten Sonnenstrahlen kämpften sich durch den Wald und verwandelten die Schneedecke in ein Meer aus funkelnden Edelsteinen. Sie mochte ihr Zuhause. Ihr Zimmer. Den Garten. Sie konnte sich keinen schöneren Platz vorstellen. Das Haus war bereits voller Leben. In der Küche rumorte es und in einem Badezimmer lief Wasser in eine Wanne. Es war ein Samstag. Ein Tag wie jeder andere und doch sollte es ein besonderer Tag werden.

Elena Tagesprogramm war bereits ab der Früh dicht gedrängt. Der Friseurtermin war auf halb neun Uhr angesetzt. Danach war sie im Juwelierladen eingeteilt. Vor fünf Jahren hatte Egon Weinmann sie zum ersten Mal mitgenommen. Er war der Meinung, dass es für Elena an der Zeit war, in das Geschäft einzusteigen. Nach anfänglichen Schwierigkeiten – Elena konnte mit dem doch recht elitären Kundenkreis der Firma zunächst wenig anfangen – war sie mit der Zeit zur festen Größe des Hauses an der Naglerstraße geworden. Die Kunden liebten sie und schätzten ihre ruhige, unaufdringliche Art. In der Mittagszeit war sie mit Egon Weinmann zum Essen verabredet, bevor es dann hinaus in die Vorstadt ging und ein dreistündiger Gesangsunterricht auf sie wartete.

Nach erfolgter Morgentoilette saß sie nun am Frühstückstisch und machte sich ein Honigbrot. Elena zählte zu den Morgenmenschen, die bereits in aller Früh gut gelaunt in den Tag starteten. Ganz im Gegensatz zu Egon Weinmann, der als Morgenmuffel bekannt war und sich die ersten Stunden des Tages hinter der Tageszeitung verkroch. Alles schien wie immer. Das Radio war an und Ed Sheeran trällerte wie so oft in jenen Tagen seinen Hit »Shape of You«.

Elena nippte gerade an ihrem Kaffee, als ihr Körper plötzlich zu Eis erstarrte. Wie zwei Brenngläser bohrten sich ihre Augen in die Zeitung, die Egon Weinmann ihr gegenüber zwischen seinen Händen hielt.

»Was passiert da gerade in meiner Heimat?«

Ohne das Ausmaß ihrer Worte zu erfassen, wiederholte sie den Satz, als sie plötzlich heftig zu zittern begann und die Kaffeetasse ihr aus der Hand glitt. Sie spürte noch die Hitzewelle in ihren Körper, der eine unbeschreibliche Leere folgte. Dann wurde es stockdunkel.

Sie erwachte in ihrem Bett. Wie lange sie ohnmächtig gewesen war, wusste sie nicht. Das Tageslicht erhellte den Raum, der nicht mehr ihrer war. Die Erinnerung war zu ihr zurückgekehrt. Der Zeitungsartikel. Ihre Heimat. Ihr Leben. Sie musste die Tür verschließen, war ihr erster Gedanke. Leise erhob sie sich aus ihrem Bett und drehte den Schlüssel im Schloss um. Danach ergriff sie ihr Handy. Sie müsse ihn dringend sprechen, flüsterte sie in den Hörer. Leise und doch laut genug. Er solle allein kommen und niemandem von diesem Telefonat erzählen. Sie sei in einer Stunde am Treffpunkt.

Lautlos schlich Egon Weinmann zurück in sein Zimmer. Die Ereignisse und das Flüstern im Zimmer nebenan gaben ihm Gewissheit. Er wusste, was zu tun war und wen er informieren sollte. Die Vergangenheit hatte ihn eingeholt.

Es war der 21. Januar 2017.

TEIL 4

Wien April 2016 (Florestan)

»Spinnst du? Was ist nur los mit dir?« Die Stimme war gereizt und fordernd. Die Geduld des Fragenden schien aufgebraucht zu sein.

»Ich erkenne dich nicht wieder. Seit Wochen, um nicht zu sagen seit Monaten lieferst du keine brauchbare Seite. Aus deiner Feder kommt nichts Gescheites mehr. Du bist nicht bei der Sache. Unkonzentriert, fahrig ... und jetzt dieses hier. Glaubst du wirklich, das hier ist die Lösung?«

Werner Altmann war der Chef von Wien-Aktuell, einer Lokalzeitung, die wöchentlich gedruckt wurde und über die Stadtgrenzen hinaus ein wachsendes Lesepublikum verzeichnen konnte. Als Kopf von nahezu hundertfünfzig Mitarbeitern leitete er sein Imperium nach seinen Regeln. Innerhalb der letzten zwanzig Jahren war der Betrieb zu einem der bekanntesten und zugleich einem der größten in dieser Branche aufgestiegen. Wien-Aktuell war seit der Geburtsstunde 1986 von Jahr zu Jahr gewachsen und aus der heimischen Medienlandschaft nicht mehr wegzudenken.

Sein Imperium hatte schon so manch schwere Zeit überstanden, dachte der Firmengründer und schwang sich aus seinem eleganten, braunen Ledersessel. Der Farbton des Möbels harmonierte hervorragend mit dem Schreibtisch aus rotbraunem Kirschholz, der wuchtig in der Mitte des Büros stand und den zentralen Blickfang des Raumes darstellte.

»Auch diese Verstimmung«, wie er die nahezu allwöchentlich auftretenden kleineren Probleme neckisch zu nennen pflegte, »werden wir schon irgendwie meistern«, murmelte er kaum hörbar vor sich hin. Er trat dabei an das Fenster und zeigte seinem besten Mitarbeiter den Rücken. Jetzt nur keine Schwäche zeigen. Werner Altmann war für seine Spontaneität bekannt und Unvorhergesehenes meisterte er mit Bravour, sodass es oft den Anschein hatte, er sei vorinformiert gewesen. Die Contenance zu bewahren hatte er in all den Jahren gelernt. Umso mehr ärgerte er sich nun über seinen kleinen Wutausbruch. »Ruhe bewahren, alles wird gut.« Einem Mantra gleich wiederholte er diese Worte lautlos und hoffte, die Glasscheibe vor ihm möge zeigen, dass seine Sorgenfalten geglättet oder zumindest in Lachfalten umgewandelt waren.

Ein klarer Tag lag über dem Wiener Talkessel. Die Sonne stand flirrend am wolkenlosen Himmel und durchflutete den Raum. Es war neun Uhr morgens. Die Redaktion von Wien-Aktuell lag im dritten Wiener Gemeindebezirk und umfasste den elften und somit obersten Stock eines Bürogebäudes in der Salesianergasse. Der Blick aus dem Büro war grandios, selbst wenn der Preis, der monatlich an den Eigentümer überwiesen wurde, den finanziellen Blick trübte.

Wie ein grüner Tupfen lag der Stadtpark unter ihm. Ein idyllisches Kleinod, flankiert zur einen Seite von der Ringstraße mit all seinen wunderbaren Prachtbauten und zur anderen vom Heumarkt, einem ehemaligen Marktplatz. Von Marktbuden war schon Jahrzehnte lang nichts mehr zu sehen, noch weniger von den Heuballen, die zu Kaisers Zeiten aus dem Wiener Umland dorthin transportiert und zum Kauf angeboten wurden. Der Regent mit seiner Monarchie gehörte lange schon der Vergangenheit an. Was blieb, war der Name des Platzes, eine Reihe von namhaften Hotelketten und ein großer Eislaufplatz, der von Oktober bis März Tausende von Sportbegeisterten in seinen Bann zog.

Altmann wurde um diese Aussicht beneidet. An klaren Tagen, wie heute, war die Sicht einzigartig und über den Stephansdom hinaus bis zu den sanften Hügeln des Wienerwaldes möglich. Jetzt allerdings konnte nicht einmal der Chef persönlich diesen grandiosen Ausblick genießen. Zu aufgebracht hatte ihn das Gespräch mit seinem Mitarbeiter gemacht. Er faltete seine Hände, schob sie nervös vor seinem Mund hin und her. Seine Augen starrten ins Leere und nahmen keinerlei Notiz von dem, was sich um ihn herum abspielte. Weder innerhalb noch außerhalb dieser vier Wände. Es galt, die Contenance zu bewahren und Geduld aufzubringen.

Diese Tugend war mittlerweile zu seiner Stärke geworden, auch wenn es Jahrzehnte gedauert hatte, sich diese Fähigkeit anzueignen. Auch jetzt dürfte sie möglicherweise wieder der Grundstein zum Erfolg sein. Er wusste um die Tatsache, dass er es ohne diese Gabe nie so weit gebracht hätte. Sein beruflicher Werdegang war unmittelbar damit verbunden. Das Leben fordert Passion und jene wiederum Geduld. Wann und wo er diesen Satz zum ersten Mal vernommen hatte, fiel ihm nicht mehr ein. Es war auch nicht wichtig.

Werner Altmann hatte klein angefangen. Zweiundzwanzig Quadratmeter groß war sein erstes Büro gewesen. Am Stadtrand von Wien hatte er in den Siebzigern begonnen. Niemand hatte ihn gekannt. In den ersten Jahren war er nicht nur einmal nahe dem Bankrott gewesen. Keine Aufträge und ein Schuldenberg, der wuchs und wuchs. Allzu gut konnte er sich noch an jene Zeit erinnern, in der jeder eingegangene Schilling für ihn ein

Geschenk von unermesslicher Größe darstellte. Doch er hatte nie aufgegeben, hatte gekämpft und sich durchgeschlagen. Mit der Zeit wuchsen sowohl die Aufträge als auch die Anzahl der Mitarbeiter. Die Wirtschaftskrise Ende des letzten Jahrtausends hatte Wien-Aktuell hart getroffen. Doch auch diesmal gab es von Aufgabe keine Spur.

Werner Altmann, der Unbeugsame, wie er von seinen Mitarbeitern voller Respekt genannt wurde, ging ungehindert seinen Weg. Er sprach immer davon, dass jegliches Tun, was und wie es auch immer aussehen mochte, einem Samenkorn gleichkommen sollte, das auf dem Feld in die Erde gesteckt werde. Die Anstrengung mochte auch noch so groß und mühevoll sein, irgendwann erhielt man seinen Lohn dafür. Das Korn wird wachsen, sich als kräftiger Halm im Winde wiegen und zum Mähen bereit sein. Dann galt es, die Ernte einzufahren. Werner Altmann ließ nichts unversucht, um den Ertrag zu mehren. Jahr für Jahr stieg sein Erlös. Mittlerweile war er 68 Jahre alt, und auch wenn er über einen überaus guten Gesundheitszustand verfügte, so sehnte er sich nach einer Zeit, die ihn nicht mehr von morgens bis abends hinter seinen Schreibtisch zwang.

Obwohl er seine Tätigkeit liebte und noch vor einigen Jahren geschworen hatte, er würde hinter seinem

Schreibtisch sterben, so hatte sich seine Meinung mittlerweile geändert. Es gab auch ein Leben außerhalb dieses Büros. Den ersten Schritt tat er vor drei Jahren, als er einen Teil seiner Aufgaben an Florestan Voigt abgab, einem aufstrebenden Journalisten, der seit mehr als zwei Jahrzehnten bei ihm im Unternehmen tätig war.

Werner Altmann stand immer noch am Fenster, den Rücken Florestan Voigt zugekehrt. War es möglich, dass er seinen besten Mitarbeiter gerade eben verloren hatte? Die Vorstellung schauderte ihn. Florestan, den er umsorgt und gehätschelt hatte wie kaum einen anderen Mitarbeiter zuvor. Wie einen Sohn hatte er ihn behandelt.

Nie würde er den Tag vergessen, an dem er sein Bewerbungsschreiben auf dem Schreibtisch vorgefunden hatte. Auch wenn er es in der Öffentlichkeit nie zugeben würde, so war es primär der recht eigenwillige Vorname des Arbeitsuchenden gewesen, der sein Interesse geweckt hatte. Florestan. Kühn und ohne jegliche Angst vor einer Absage war der junge Mann damals in sein Büro getreten. Mit einem unwiderstehlichen, beinahe überheblichen Lächeln hatte er ihm seine Fragen beantwortet, bevor er sie überhaupt gestellt hatte.

Seine Eltern, so sprudelte es aus dem jungen Mann heraus, gehörten der Arbeiterklasse an und waren beide bei den österreichischen Bundesbahnen angestellt gewesen.

Vater Erwin verbrachte sein halbes Leben als Schaffner, während Mutter Heidemarie im Nordbahnhof an der Schalterkasse Fahrscheine verkaufte. Die beiden verband ein gemeinsames Hobby. Sie mochten klassische Musik, und im Speziellen liebten beide die Oper.

Nun war es in der damaligen Zeit höchst ungewöhnlich, dass Menschen, die der Arbeiterklasse entstammten, sich dieses Hobby gönnten, war es doch kaum finanzierbar. Ein Konzertbesuch galt als Privileg der gutsituierten Schicht. Erwin und Heidemarie Voigt ließen sich allerdings durch nichts und niemanden davon abhalten, sonntags auf den Stehplätzen der Opernhäuser zu stehen und den Klängen des Orchesters beizuwohnen und den Arien zu lauschen. Zweifelsohne zählte Beethovens Fidelio nicht zu ihren absoluten Lieblingsstücken. Die Düsterheit all der Inszenierungen, die sie erlebt hatten, erdrückte sie immer wieder aufs Neue.

Dennoch zog sie der eigenwillige Name des Protagonisten dieser Oper in den Bann. Sie kamen überein, ihren ersten männlichen Nachkommen nach ihm zu benennen. So geschah es auch. In den Abendstunden des 18. Juni 1990 tat Florestan Voigt seinen ersten Schrei. Es blieb bei diesem einen Kind, auch wenn potenzielle Namensgeber wie Tristan oder Mimi für weitere Kinder bereits auf der Liste gestanden hatten.

Aufgewachsen in Favoriten, dem 10. Wiener Gemeindebezirk, einem klassischen Arbeiterviertel, machte Florestan Voigt bereits als Jugendlicher im Alter von zwölf Jahren seine ersten journalistischen Gehversuche. Als Hauptverantwortlicher der Schülerzeitung zollten ihm nicht nur seine Mitschüler, sondern auch der gesamte Lehrerstab Respekt. Trotzdem bei ihm Potenzial für ein weiterführendes Universitätsstudium vorhanden gewesen wäre, das nötige Geld war es nicht.

Wild entschlossen, seinen Weg zu gehen, verließ Florestan als Siebzehnjähriger die Schule, um sich wenige Monate später bei einer Lokalzeitung zu bewerben. Seine Berichte waren gut und bald erschien ihm sein aktuelles Betätigungsfeld als unzureichend. Er fühlte sich zu Höherem berufen und sprach, damals einundzwanzigjährig, bei Wien-Aktuell vor. Ohne zu zögern stellte Werner Altmann ihn ein und sollte seine Entscheidung keinen einzigen Tag bereuen. Florestans herausragendes Talent hatte er früh erkannt und ihn gefördert, wo es nur ging. Die Rechnung ging auf. In nur wenigen Jahren hatte sich Voigt zu seinem mit Abstand fähigsten Mitarbeiter emporgearbeitet.

Jetzt allerdings lag blankes Entsetzen in den Augen des Firmengründers. Völlig verzweifelt schüttelte er den Kopf. Er konnte nicht begreifen, was in seinem

»Kronprinzen« vorging. Langsam drehte er sich um und nahm wieder hinter seinem Schreibtisch Platz. Geduld, hallte es in seinen Ohren. Habe Geduld mit deinem Sprössling.

»Wie du weißt«, Altmann zwang sich, sein Redetempo und vor allem seine Lautstärke auf ein moderates Maß zu drosseln, »das brauche ich wohl nicht extra zu erwähnen, bist du weit mehr für mich als nur ein guter Mitarbeiter. Ich bin jetzt beinahe siebzig Jahre alt und denke, es ist an der Zeit, meinen Platz zu räumen und ihn einem Jüngeren zu überlassen. Eigentlich wollte ich dich zu meinem Nachfolger bestellen. Wenn es nach mir geht, würdest du in einem Jahr hier auf diesem Sessel, hinter diesem Schreibtisch sitzen und die Geschicke der Firma lenken.« Verständnislos blickte der Firmenchef auf das Blatt Papier, das vor ihm lag. »Aber du ... du kommst jetzt herein und wirfst mir deine Kündigung auf den Tisch.«

»Ach, Werner ...« Florestan versuchte mit gedämpfter Stimme zu beschwichtigen. »Du weißt, wie sehr ich dich schätze. Dein Vertrauen in mich ehrt mich und ich habe es auch nie missbraucht. Wären die Vorzeichen anders, würde ich mich wohl zum glücklichsten Menschen hier in Wien zählen. Aber die Umstände sind eben einmal so, wie sie sind. Ich kann dich nur bitten, meine Entscheidung zu respektieren.«

»Respektieren!« Werner Altmanns Stimme überschlug sich. Er war zu aufgebracht. Sein Temperament ging mit ihm durch. Von wegen Contenance bewahren und Geduld zeigen. In Zeiten größter Not hatte er diese Strategie verfolgt. Jetzt aber schien sie ihm langsam abhandenzukommen.

»Respektieren … Ha, einen Scheiß werde ich tun!«

Kraftvoll donnerte seine rechte Hand auf die Schreibtischplatte. »Ich werde nicht zulassen, dass sich ein junger Mensch sein Leben versaut, nur weil er in einer Krise steckt. Weißt du, was ich machen werde? Ich werde dein Kündigungsschreiben hier vor deinen Augen zerreißen. Ja, genau das werde ich tun.« Wutentbrannt griff er sich das Papier und zerfetzte es.

»So, jetzt hast du gesehen, was ich von deiner Entscheidung halte.«

»Werner, ich bitte dich …«

»Werner, Werner. Immer nur Werner. Ich kann dein Geschwafel nicht mehr hören. Jetzt ist Schluss mit Werners Gutmütigkeit. Ich werde dir zeigen, wozu dein Werner fähig ist, mein Lieber. Eine Auszeit werde ich dir geben. Die kannst du haben. So lange, wie du willst, aber nie und nimmer werde ich meine Unterschrift unter dieses Papier hier setzen. Und jetzt verlasse bitte mein Büro und komm erst wieder, wenn du mit deinen Spinnereien fertig bist. Nicht eher.«

Aufbrausend erhob sich der knapp hundert Kilogramm schwere Mann aus seinem Stuhl und fegte die Papierschnitzel mit einem energischen Schwung vom Tisch. Wutentbrannt blickte er auf die schwere dunkle Holztür, die sich lautlos hinter Florestan Voigt schloss. Hatte er seinen Schützling tatsächlich an eine andere Welt verloren?

Mit gemischten Gefühlen verließ Florestan Voigt die Redaktion. Diesen Schritt zu tun war ihm nicht leicht gefallen. Es war nicht seine Art, mit liebgewonnenen Menschen so umzuspringen. Ohne jegliche Vorwarnung. Allerdings sah er darin die einzige Möglichkeit, sein Anliegen durchzusetzen.

»Mein lieber Werner, nimm es mir nicht allzu übel«, dachte er, als er das Bürogebäude verließ und auf die Straße hinaustrat. Schuldgefühle plagten ihn, war doch Altmann in all den Jahren wie ein Vater zu ihm gewesen. Gefühlsduseleien waren jetzt allerdings völlig fehl am Platz. Man konnte es nicht allen recht machen, das hatte er in den vergangenen Jahren gelernt. Gewisse Lebenssituationen erforderten Entscheidungen, die nicht für jedermann nachvollziehbar waren. Firma hin oder her. Auch der Chefposten, der ihm in Aussicht gestellt worden war, durfte daran nichts ändern. Jetzt galt es, auf sich selbst zu schauen.

Bei genauerer Betrachtung konnte er mehr als zufrieden sein. Er fasste diesen Gedanken, als er die Straße entlangschlenderte und sich seiner aktuellen Situation bewusst wurde. Schließlich hatte er das Zugeständnis, jederzeit seine Arbeit wieder aufnehmen zu können. Dieser Gesichtspunkt zauberte einen Hauch von Lächeln in sein Gesicht. Mit einem Male war wieder ein Lichtschimmer am Horizont erkennbar.

***

Etwas mehr als elf Monate dauerte dieser Albtraum bereits an. Professionelle Hilfe anzunehmen, hatte er entschieden abgelehnt, vielmehr war er dem Irrglauben verfallen, mit der Arbeit alles ungeschehen machen zu können. Hatte er zuvor schon hundert Prozent seines Lebens seinem Beruf gewidmet, so intensivierte er diese Aktivitäten in den letzten Monaten auf das doppelte Maß. Er hatte sich die Seele aus dem Leib gerackert und jedes besorgte, wohlwollende Wort der Kollegenschaft bewusst ignoriert. Bis zu jenem Tag, als er die Rechnung für seine Unvernunft präsentiert bekam. Die Diagnose war rasch gestellt. Der Arzt hatte ein müdes Lächeln für ihn übrig, als er ihn an seine Prophezeiung erinnerte, die er bereits vor Monaten ausgesprochen hatte. »Sie wollten es mir nicht glauben.« Mit einem Kopfnicken nahm Florestan Voigt die Krankmeldung in Empfang. Die angebliche Mär von der Unleserlichkeit ärztlicher Handschriften kam nicht von ungefähr. Die beiden Wörter »Burn-out« waren kaum zu entziffern gewesen.

Sein voller Hass richtete sich auf die Person, die ihm das alles angetan hatte. Florestan erinnerte sich noch mit Grauen an jenen Vormittag vor knapp einem Jahr.

Er hatte mit Veronika, die im 6. Monat schwanger war, auf der Dachterrasse seines Penthouses im 18. Wiener Gemeindebezirk gesessen. Sie hatten gefrühstückt und er war mit einer Tasse Kaffee an das Geländer getreten. Der Türkenschanzpark lag nur einen Steinwurf von ihrem Domizil entfernt. Der Zehn-Uhr-Schlag der nahe gelegenen Kirche war kaum verklungen, als Veronika seine Welt zum Einstürzen brachte. Es traf ihn völlig unvorbereitet.

Auch wenn ihm bereits das eine oder andere auf Umwegen zu Ohren gekommen war, so hatte er all die Gerüchte als blöde Tuscheleien abgetan. Er wollte nichts davon glauben. Bis eben zu jenem Vormittag, als er mit einer Realität konfrontiert wurde, die brutaler nicht hätte sein können. Beinahe emotionslos, um nicht zu sagen kaltherzig war Veronika mit ihm umgesprungen. Ohne ihren Redefluss zu unterbrechen, hatte sie es ihm mitgeteilt. Beinahe so, als würde sie ihm den neuesten

Klatsch von ihrem letzten Friseurbesuch erzählen. Es fehlte nur noch, dass sie ihrem Satz »… ach ja, bevor ich es vergesse …« vorangestellt hätte.

An und für sich wäre es ein wundervoller Sommertag gewesen und er hatte sich den Vormittag freigenommen, was unüblich für ihn war und einem achten Weltwunder gleichkam. Urlaub war ein Wort, welches im Sprachschatz von Florestan Voigt selten bis gar nicht vorkam. Und obendrein waren sie gerade von einem Urlaub zurückgekehrt.

Es hatte Veronika einiges an Überredungskunst gekostet. Es würde ihnen guttun, nochmals zu zweit, unbeschwert und unbekümmert einen Urlaub zu genießen, hatte sie gebettelt. Noch dazu hatte sie ein gutes Argument, das unschlagbar war. Veronika war damals schon im vierten Monat schwanger gewesen und ihre Vision, die kommenden Jahre ihren Urlaub im Kinderzimmer zu verbringen, ließ sie ihren Wunsch noch energischer verfolgen. Schließlich hatte er klein beigegeben und einen Strandurlaub an der Côte d'Azur gebucht.

Die Erholung hatte ihm sichtlich wohlgetan, auch wenn die Röllchen um seinen Bauch etwas gewachsen waren. Florestan sah dies als genetisch bedingte Bürde, die allen männlichen Vertreter der Familie Voigt anlastete, obwohl er von einer Fettsucht meilenweit entfernt war. Selbst der Ausdruck »korpulent« wäre ein Hohn gewesen. Florestan Voigt war ein gut aussehender Mann von achtundzwanzig Jahren. Ein Meter achtzig groß und fünfundsiebzig Kilo schwer.

Sie hatten zusammen eine fabelhafte Woche verlebt. Zurück im grauen, nebligen Wien konnte er die Sonne noch spüren, die auf ihre nackten Leiber schien, und auch den Sand, der ihre Handtücher aufheizte.

Ein Bild erschien vor seinen Augen: Es war um die Mittagszeit gewesen, der Strand hatte sich nahezu geleert. Nur wenige Sonnenhungrige hielten der mörderischen Hitze stand.

»Schätzchen«, sagte er liebevoll, »ich glaube, ich sollte dich noch einmal eincremen. Die Sonne in der Mittagszeit ist unberechenbar.«

In einem roten Bikini lag Veronika an seiner Seite. Sie sah entspannt aus und gab vor, so glücklich wie schon lange nicht mehr zu sein. Es gab keinen Grund, ihr nicht zu glauben.

»Diese Ruhe. Wie ich sie genieße.« Florestan beugte sich über sie und ließ die weiße Sonnenmilch auf ihren bereits gut gebräunten Bauch tropfen. »Auch wenn es nicht sehr ratsam ist, sich der mittäglichen UV-Strahlung auszusetzen, ein Strand ohne Kindergeplärr ist doch etwas Herrliches.«

Ein süffisantes Lächeln war auf seinem Gesicht zu erkennen, als Vroni, wie er seine Partnerin liebevoll nannte, das Handtuch über ihrem Kopf etwas anhob und darunter hervorlugte.

»Wie soll ich das jetzt verstehen?«, fragte sie ihren Geliebten und legte dabei die Stirn in Falten. Eine braune Locke fiel über ihr rechtes Auge. Ihre Mähne ließ sie seit geraumer Zeit wieder in ihrer natürlichen Lockenpracht wachsen. Die Zeit des Glättens war vorüber. Florestan hatte immer gehofft, seine Freundin würde ihren Haaren ihre natürliche Form zurückgeben und erfreute sich nun der späten Einsicht. Er hatte nie verstanden, warum Frauen, die Locken besaßen, ihre Haare glätteten, und jene, die keine hatten, sich der mühevollen Plage von Lockenwicklern unterzogen.

»Du hast mir noch keine Antwort auf meine Frage gegeben«, insistierte Veronika und zwickte ihn in seine Bauchfalte.

»Sag schon, du elendiger Schuft. Was meinst du mit Kindergeplärr?«

»Schätzchen, du weißt, wie ich es meine.«

Seine Finger massierten ihre Arme und kehrten alsbald zu ihrem Bauch zurück. Seit einigen Wochen war die kleine Wölbung nicht mehr zu übersehen und Florestan kam es vor, als würde das Bäuchlein Tag um Tag ein wenig größer werden.

Veronika stellte ihre Schwangerschaft stolz zur Schau. Die anfängliche Übelkeit hatte nur wenige Tage bestanden. Seither fühlte sie sich pudelwohl. Florestans Glück schien ebenso grenzenlos zu sein, auch wenn er im ersten Moment der zukünftigen Vaterrolle mit Zweifel und Skepsis gegenübergestanden hatte. Selbst wenn seine eigene Kindheit harmonischer nicht hätte sein können und er sich nur seine Eltern zum Vorbild hätte nehmen müssen, so überforderte ihn der Gedanke, in Bälde für eine Familie verantwortlich zu sein. Die Bedenken verflüchtigten sich allerdings zusehends und er schaute einer prächtigen Zukunft voller Freude entgegen.

Sechs Wochen waren seither vergangen. Zweiundvierzig Tage. Bis zu jenem Tag, an dem sie auf der Veranda standen und seine heile Welt in Brüche ging.

Zunächst glaubte er, sich verhört zu haben. Als hätte sie seine Gedankengänge erraten, wiederholte sie den Satz.

»Das Kind ist nicht von dir.«

Er konnte von Glück reden, dass seine Finger den dünnen hölzernen Handlauf des Geländers umfasst hielten, denn sonst wäre er wohl zusammengebrochen. Der Unpässlichkeit war nur von kurzer Dauer. Er wollte schreien. Laut. Markerschütternd. Ein jeder sollte seinen Gefühlsausbruch hören. Allerdings war kein Laut über seine Lippen gekommen. Nicht einmal ein kleiner, zaghafter.

Stattdessen war ihm der blöde Zank um dieses Geländer eingefallen. Dieser Entwurf ihres Architekten, der sie wochenlang hatte streiten lassen. Zwei völlig grundverschiedene Materialien sollten sich zu einem Kunstwerk verbinden. Eine verwitterte, alt aussehende Metallfront mit einem zarten Holzabschluss. Nichts weiter. Die eigenwillige Konstruktion hatte Florestan auf Anhieb gefallen. Veronika hingegen fand die Idee des Architekten geradezu abscheulich, sodass beide in heftige Diskussionen verstrickt gewesen waren.

Warum ihm dieses Desaster gerade damals wieder eingefallen war, hatte er nicht verstanden. War es doch nur ein völlig belangloser Disput gewesen. Allerdings, und das sah er jetzt deutlicher denn je, war es einer von vielen gewesen. Streitigkeiten hatten seit etlichen Monaten ihr Zusammenleben dominiert und sie zu erbitterten Kämpfern werden lassen, die darauf aus waren, den Gegner zu bezwingen. Damals hatte er sich durchsetzen können. Hatte den Streit zu seinen Gunsten entschieden. Das alles hatte jetzt allerdings keine Bedeutung mehr. Wie so vieles andere auch, das nach diesen wenigen Worten an Wichtigkeit verloren hatte.

»Das Kind ist nicht von dir!«

Der Satz hallte in seinem Kopf. Immer und immer wieder.

Wieso war er damals nur so erstaunlich ruhig geblieben, durchfuhr es ihn. Hatte er es insgeheim schon geahnt, dass er nicht der Vater dieses ungeborenen Kindes war? Im Schnelldurchlauf waren die letzten Monate an ihm vorbeigezogen. Situationen, Gesichtsausdrücke und Gesten, bei denen er jetzt, in diesem Moment seine Freundin mit völlig anderen Augen sah. Veronika hatte sich schon vor geraumer Zeit von ihm entfernt. Er hatte es gewusst, auch wenn er es nicht wahrhaben wollte. Wie viel Schuld traf ihn dabei? Hatte er seine Freundin vernachlässigt? War die Arbeit wieder einmal vorge- gangen? Hatte er ihr zu wenig Zuneigung geschenkt? Einem Echo gleich drang dieser Satz wieder und wieder an sein Ohr: »Das Kind ist nicht von dir.«

»Raus hier«, hatte er gedacht. »Nur weg.«

Er würde nicht schreien, genauso wenig würde er nach einem Grund fragen. Er wusste nur zu gut, dass es immer einen gab. Er würde sich umdrehen und ihre gemeinsame Wohnung verlassen. Nichts und niemand konnte ihn von diesem Schritt abhalten.

Wie ferngesteuert hatte er sich an ihr vorbeigedrückt, der Eingangstür zu. Veronikas Versuch einer Erklärung hatte er ignoriert.

Burgenland Dezember 2016 (Florestan)

»Wie lange bleibst du?«

Florestan Voigt stand an der Rezeption und zuckte mit den Schultern. Eine Geste der Ratlosigkeit. Er kannte Frau Hirschbichler schon seit seiner frühesten Kindheit. Während viele seiner Freunde zur damaligen Zeit ihre Ferien an der Adria verbrachten, war das Urlaubsdomizil der Familie Voigt schon immer das Burgenland gewesen. Sommer für Sommer waren sie hierher aufgebrochen, oft schon am Tag des Schulschlusses, hatten immer die gleiche, nicht allzu komfortable Dachgeschosswohnung der Pension »Zum goldenen Lamm« am Rande des Sees angemietet und waren erst kurz vor Ferienende nach Wien zurückgekehrt. Zwei Zimmer mit Küche und Bad. Groß genug für seine Eltern und ihn.

In seiner Erinnerung hatte Florestan diese Urlaubstage als unwiederbringlich und beispiellos abgespeichert. In die gleiche Rubrik fielen auch all jene Geschichten aus diesen Zeiten, die denen des Tom Sawyer in nichts nachstanden. Auch wenn nicht alles, was er davon zum

Besten gab, der Wahrheit entsprach – bereits damals ließ er seine begnadete Erzählkunst und seinen Hang zu Übertreibungen durchblicken –, letzen Endes zielten seine Geschichten nur auf eines ab: die Klassenkameraden zu beeindrucken und ihn als großen Abenteurer in den Mittelpunkt des Geschehens zu stellen. Beides gelang ihm mit Bravour.

Allerdings lag diese Zeit der gemeinsamen Familienurlaube doch schon einige Jahrzehnte zurück. Als Erwachsener war er ab und an hierhergefahren, meistens für ein verlängertes Wochenende. Doch auch diese Auszeiten wurden mit zunehmendem Alter immer seltener und hörten irgendwann völlig auf. Als Grund hatte er immer seine Arbeit vorgeschoben, die Freiheiten dieser Art nicht mehr zuließ.

Als er nun im Eingangsbereich stand und von der Vermieterin den Schlüssel in Empfang nahm, bereute er das Versäumnis, wie so manches andere auch, das sich in den letzten Jahren ereignet hatte. Er wollte sich seiner Vergangenheit stellen. Er war bereit für einen Neuanfang. Es galt, nach vorne zu schauen, Altes abzuwerfen und sein inneres Seelenheil wiederzufinden. Hier, am vielgeliebten Ort seiner Kindheit, würde er damit beginnen. Es würde nicht einfach werden, und Peinlichkeiten würden ihm nicht erspart bleiben, zumal er die Neugier von Frau Hirschbichler und auch ihre Übertretungen, die Privatsphäre ihrer Stammgäste betreffend, noch in bester Erinnerung hatte.

Als er vor einigen Tagen die Zimmerreservierung getätigt hatte, vermied er es daher bewusst, nach einem Einbettzimmer zu fragen. Selbst wenn die Trennung von Veronika schon gut anderthalb Jahre zurücklag und er sich über das meiste hinweggekommen glaubte, so hatte die erlittene Kränkung doch tief in seinem Inneren eine Kerbe hinterlassen. Es war ihm nach wie vor höchst unangenehm, darüber zu sprechen. Speziell am Telefon war er diesbezüglich sehr sensibel, fehlte ihm doch hierbei die Möglichkeit, seine seelischen Schmerzen mithilfe seiner Mimik und Gestik zu kaschieren.

»Wie lange hast du vor, zu bleiben?«

Auf etliche Fragen hatte er sich vorbereitet. Hatte Antworten formuliert, die darauf abzielten, nichts von seiner inneren Unruhe preiszugeben. Jetzt stand er völlig hilflos und stumm wie ein Fisch am Tresen und blickte an Frau Hirschbichler vorbei auf ein Gemälde, das schon seit Urzeiten neben dem Schlüsselbord hing. Das kitschige Aquarell eines Bergsees hatte ihm schon als Kind nicht gefallen.

»Bleib, so lange du willst.«

Frau Erika Hirschbichler hatte Florestans Verlegenheit bemerkt und ihrer Frage selbst eine Antwort gegeben. Sie war nicht gewillt, diese peinliche Prozedur fortzusetzen und sehnte sich nach einem raschen Ende der einseitigen Konversation.

»Ach ja, eine gute Frage«, sagte Florestan, jetzt mit etwas Verspätung. »Nicht unerheblich! Wie viele Tage werde ich wohl bleiben? Wenn du jetzt ein genaues Datum wissen willst, liebe Erika, dann muss ich passen. Ich kann dir keines nennen. Ich komme auf Anraten meines Arztes. Er hat mir mehr oder weniger eine Auszeit verordnet. ,Kurieren Sie sich aus‘, waren seine Worte. ,Sie haben es bitter nötig, wenn Sie Gröberes verhindern wollen.‘«

Florestan Voigt hob und senkte erneut seine Schultern, als wäre sein verzweifelter Gesichtsausdruck nicht Antwort genug gewesen. »Von einer zeitlichen Beschränkung hat der Doktor nichts gesagt.«

»Ach, Florestan. Ich sagte dir ja schon, bleib, so lange du willst.« Frau Hirschbichler wandte sich um und wollte die Rezeption in Richtung Küche verlassen, als sie kurz innehielt und nochmals auf ihn zukam.

»Fühl dich wie zu Hause ... und eines noch, das solltest du wissen ... ich weiß über alles Bescheid. Deine Eltern waren vor einigen Wochen hier. Es ging ihnen nicht gut. Sie waren mit den Nerven am Ende und dadurch vielleicht redebedürftiger als sonst. Nimm es ihnen nicht übel. So eine Schlampe. Wenn ich dir einen guten Rat geben darf, dann vergiss sie. Diese blöde Kuh … was hat sie nur mit dir gemacht?« Die Pensionschefin hatte ihn liebevoll an sich gedrückt, als wäre er immer noch der kleine Junge von damals.

Draußen war es bereits stockdunkel, als Florestan sturzbetrunken auf sein Gästezimmer im ersten Stock schwankte. Er hatte einen sehr entspannten und vor allem sehr lustigen Abend verbracht, auch wenn ihm die letzten drei Krüge Bier den Rest gegeben hatten. Aber die Runde, die sich in der Gaststube des Goldenen Lamms zusammengefunden hatte, war sehr gesellig gewesen und hatte ihn gleich an ihren Tisch gebeten. Er hatte sich in ihrer Gesellschaft wohlgefühlt, auch wenn er keinen von ihnen je zuvor gesehen hatte. Woher auch, waren es doch allesamt Leute aus dem Dorf, die immer freitags zu einem Feierabendumtrunk zusammenkamen. Sie hatten alle über den Durst getrunken und dabei die Zeit übersehen.

Kurz vor Mitternacht kämpfte er sich auf sein Zimmer und legte sich, ohne sich auszuziehen, auf das Bett. Es war seit Langem der amüsanteste Abend gewesen, resümierte er und war glücklich und zugleich dankbar, den Rat seines Arztes befolgt zu haben. Lust und Freude waren ihm in seinem Leben abhandengekommen. Wie sehr, das hatte er an diesem Abend verspürt. Zufrieden und von Glück beseelt schloss er die Augen. Er konnte nicht wissen, dass akkurat in diesem Moment sein bisheriges Leben eine dramatische Veränderung erfahren sollte.

Es geschah in einer kleinen, schilfbedeckten Hütte am See. Kaum zwanzig Kilometer von seiner Schlafstätte entfernt. Im Schutze der Dunkelheit war es geschehen. Völlig lautlos und unbemerkt ging es vonstatten. Nur das Geräusch der Wellen war zu hören, die monoton an die Bootshütte klatschten.

Burgenland Dezember 2016 (Florestan)

Wie ein Lauffeuer fraß sich die Meldung durch den Ort und schien niemanden auszunehmen. Ob groß oder klein – alle waren tief betroffen. Ein Selbstmord. Hier, in ihrem friedvollen kleinen Örtchen. Ungläubig schüttelten alle die Köpfe. Niemand wollte so richtig glauben, was erzählt wurde.

Florestan ereilte die Nachricht im Jachthafen von Neusiedl.

Er hielt gerade auf den Steg zu, als er zum ersten Mal davon hörte. Das Anlegemanöver beanspruchte seine ganze Aufmerksamkeit, sodass er das Gespräch nicht zur Gänze mitbekam und nur Wortfetzen an sein Ohr drangen. Es war Winter und Eissegeln war in aller Munde. Hatte man vor Jahren diesen Sport kaum gekannt, so war nun an schönen Wintertagen die Eisdecke des Sees voll mit bunten Segeln.

Florestan war ein begnadeter Segler. Er liebte das Wasser. Es war sein Element, hatte er immer behauptet. Von klein auf hatte es ihn in seinen Bann gezogen. Während er bereits als Junge die ungefährlichen, langsamen Elektroboote bei Familienausflügen manövrieren durfte, so fand er später recht bald Gefallen an den schnelleren Vertretern. Der Faszination des Segelns verfiel er erst als Erwachsener. Es war das Zusammenspiel von Wind und Wasser, das ihn berauschte und nicht mehr losließ. Die Liebe zum Eissegeln hatte er erst in den letzten Jahren entdeckt. Viele Wochenenden im Winter hatte er damit zugebracht und seinem Hobby gefrönt. Aber, wie vieles andere in seinem späteren Leben, fiel auch dieses Vergnügen seiner Arbeit zum Opfer und immer seltener kam es vor, dass er sich vom Wind über das Eis treiben ließ.

Als er nun auf den Segelhafen zusteuerte, glaubte er zunächst, sich verhört zu haben. Hektisch vertäute er das Boot am Steg. Immer wieder warf er einen hastigen Blick in Richtung der drei Segler, die wild gestikulierend ihr Boot an der anderen Stegseite festgemacht hatten und nun, ohne von ihm Notiz zu nehmen, auf das Bootshaus zusteuerten. Er hatte sich nicht getäuscht. Als sie an ihn vorbeigingen, vernahm er es erneut: »Die tote Frau am See.« Diesmal klar und deutlich. Er klemmte seinen Helm unter dem Arm und folgte den Männern.

Das Haus am Jachthafengelände war nicht groß und auch nicht sehr geräumig und diente den Mitgliedern als Bar und Vereinsheim. Vier Tische an der Wand mit jeweils vier Stühlen boten den Seglern Platz, um nach einem erfolgreichen Segeltörn ihre ausgetrockneten Kehlen zu spülen. Auch wenn das Ambiente des Lokals schlicht und einfach war, das Seemannsgarn, das dort an jenem Nachmittag bis zum Abend hin gesponnen wurde, war mehr als spektakulär und konnte sich mit den Gesprächen in verrauchten, schmuddeligen Hafenkneipen, wie man sie aus Filmen kannte, durchaus messen.

Die drei Männer waren die einzigen Gäste und hatten gemeinsam mit dem Wirt am hintersten der Tische Platz genommen.

»Sie sagen, es sei Selbstmord gewesen. Sie hätten einen Brief gefunden«, verkündete lautstark der Mann, der am Tischende saß, und drosselte sogleich seine Lautstärke, als die Eingangstür aufging und Florestan das Lokal betrat. Verstohlen steckten die Männer die Köpfe zusammen und erwiderten Florestans Gruß lediglich durch ein angedeutetes, kaum wahrnehmbares Kopfnicken. Sie schienen über seine Anwesenheit nicht sehr erfreut zu sein. Florestan zeigte sich wenig beeindruckt davon. Als Reporter war er es gewohnt, mit der Tür ins Haus zu fallen, und ohne die Antwort auf seine Frage abzuwarten, ob hier noch ein Plätzchen frei sei, ergriff er sich einen Stuhl vom Nachbartisch und setzte sich zu ihnen.

»Gestatten, mein Name ist Florestan Voigt. Ich bin

Wiener, begeisterter Segler im Sommer und begeisterter Eissegler im Winter. Ich mache hier Urlaub.« Diese Überrumpelungstaktik hatte er vor etlichen Jahren von einem seiner Kollegen übernommen und war seither immer gut damit gefahren. Zudem kannte Florestan auch den Effekt seines recht eigenwilligen Vornamens, der auch in dieser Runde erstaunte Blicke auslöste und obendrein ein wenig von seinem flegelhaften Auftreten ablenkte. Auch dieses Mal mit Erfolg, wie er sich eingestehen musste, denn der Argwohn war aus den Gesichtern der Männer verschwunden.

»Ich glaube, die Antwort auf Ihre Frage ist hinfällig geworden. Sie sitzen bereits.« Ein Mittfünfziger im blauweiß gestreiften Anorak hatte sich erhoben und deutete mit seiner gestreckten Hand auf jenen freien Platz, den Florestan bereits eingenommen hatte. »Willkommen, der Herr«, fuhr er fort und unterdrückte seinen Drang, den aufdringlichen Typen davonzuschicken. Stattdessen blickte er lächelnd in die Runde. »Wie, sagten Sie, war Ihr Name?«

»Florestan Voigt«, erwiderte Florestan und freute sich über seine Dreistigkeit, mit der er ungefragt in dieses Quartett hineingeplatzt war. Die Überlegung, ob der den Herrschaften die ganze Bewandtnis seiner Namensgebung erläutern sollte, verwarf er schnell wieder. Für seine Begriffe sahen Opernliebhaber anders aus, und er entschied sich stattdessen für die Kurzvariante. Seiner Erfahrung nach würde sie den vorgeheuchelten Wissensdurst ausreichend stillen und ein anerkennendes Nicken unter den Zuhörern zur Folge haben: »Meinen Eltern gefiel dieser Name, und mir ...«, er räusperte sich ein wenig, bevor er mit seiner Erklärung fortfuhr, »... und mir mittlerweile auch. Gewiss etwas gewöhnungsbedürftig, aber eben nicht alltäglich.«

Viereinhalb Stunden später verließ er das Vereinsheim. Es war gegen fünf Uhr nachmittags, als Florestan ungeduldig in sein Zimmer hastete und aus seinem Koffer seinen Füllfederhalter und einen Schreibblock hervorkramte. In seinem Job war er es gewohnt gewesen, Anhaltspunkte zu den gehörten Geschichten mitzuschreiben, und während der letzten Stunden hatte er sich immer wieder dabei ertappt, dass er sich, auf der Suche nach einem Schreibgerät, an die Brust gefasst hatte. Eine Marotte, die vielen Journalisten eigen ist.

Florestan überdachte kurz die Anzahl der Stifte, die er in seinem Leben aus Innentaschen von Sakkos gezogen hatte, schob diesen Gedanken aber schnell beiseite, denn er hatte Wichtigeres zu tun. Er wollte die Informationen, die er in den vergangenen Stunden erhalten hatte, so zügig wie möglich aufs Papier bringen. Das Vergessen multipliziert sich mit der Zeit. Er wusste um diesen Umstand und ließ seine Hand eilig über das Papier gleiten.

Plötzlich hielt er inne. Als ob der Tinte giftige Dämpfe entstiegen wären, ließ er den Füller fallen und schnellte hoch, sodass der Sessel nach hinten zu Boden krachte. Was tat er bloß? War er nicht hierher gefahren, um sich zu erholen?

»Genesungsurlaub«, hatte ihm der Doktor geraten. »Lassen Sie alles hinter sich, für eine Zeit zumindest. Sie werden sehen, wie gut Ihnen das bekommen wird.« Von einer inneren Unruhe getrieben hastete er nervös im Zimmer auf und ab. Was sollte er nur machen? Er überlegte, seine Laufschuhe anzuziehen und hinauszustürmen, um in der herrlichen Landschaft auf andere Gedanken zu kommen. Allerdings wäre dann vieles von dem Gehörten aus seiner Erinnerung verschwunden. Er verwarf auch diesen Gedanken und musste sich eingestehen: Einmal Journalist, immer Journalist.

Es war wohl seine Bestimmung. Wie sonst sollte er sich den Umstand erklären, ohne sein Zutun Zeuge des Gesprächs am Steg geworden zu sein. Seiner Leidenschaft folgend, griff er zur Füllfeder.

Er war wieder zurück in seinem Job.

Burgenland Dezember 2016

Rainer Rohringer entstieg seinem Dienstwagen und legte die wenigen Schritte zum Fundort zu Fuß zurück. Warum er mit dem Fall betraut worden war, wusste niemand so recht. Weder war er der Polizeistelle im Burgenland zugeteilt noch war der Fall den Kollegen in Wien übergeben worden. Warum er nun über den Kiesweg Richtung Bootshütte ging, war für alle Beteiligten ein Rätsel.

Die Behauptung, dass Rainer Rohringer geborener Burgenländer war und er die Gegend hier kenne wie kaum ein anderer, konnte wohl auch nicht der Grund dafür sein, zumal diese Annahme nicht ganz der Wahrheit entsprach.

Hauptmann Rohringer kam in Wiener Neustadt zur Welt. Als gebürtiger Niederösterreicher übersiedelte er im Alter von nur zwei Jahren mit seinen Eltern ins Burgenland. Sein Vater, ebenfalls Polizist, folgte einer Berufung zum Oberinspektor des Polizeipostens in Neusiedl am See. Seine ganze Jugend hatte Rainer Rohringer am See verbracht und war erst als »Spätberufener«, wie es seine Eltern liebevoll genannt hatten, mit

Mitte zwanzig an die Polizeischule in Wien gekommen. Als Hauptmann der Landespolizeidirektion war er nun in seine alte Heimat zurückgekehrt. Der Auftrag war von oberster Stelle gekommen. Zum Missfallen mancher Kollegen vor Ort.

Der Fundort war bereits mit einem rot-weißen Sicherheitsband abgesperrt worden. Rainer Rohringer war nur wenige Schritte gegangen, als er plötzlich stehen blieb und fluchend den Weg zurück zu seinem Auto antrat, um seine Halbschuhe gegen ein Paar Gummistiefel auszutauschen. Selbst wenn der See zugefroren war und die Temperaturprognosen der letzten Tage für den Osten nie Plusgrade verzeichnet hatten, die Witterung hier in Seenähe war eine spezielle und förderte mitunter auch im Winter sumpfartige Stellen zutage. In eine solche war Rainer Rohringer soeben getreten. Genervt ob der nassen Socken kehrte er zum Auffindeort der Leiche zurück.

»Wie weit seid ihr?«

Die burgenländischen Kollegen stapften mit blauen Gummiüberzügen an den Schuhen im Bootshaus umher. Keiner nahm Notiz von ihm. Die Leiche war vor zwei Tagen von einem Fotografen entdeckt worden. Den bisherigen Ermittlungen nach ging man von einem Selbstmord aus.

Rainer Rohringer stülpte sich seine eigenen

Manschetten über die Stiefel und betrat die Hütte. Sie war schmutzig und nahezu leer. Ein kleiner Tisch stand an der Wand, zwei Stühle, einer davon lag umgestürzt in der Mitte des Zimmers. Ein dunkelblauer Regenschutz hing an seiner Kapuze an der Wand. Gleich daneben, im Eck stehend, fand sich ein grüner Regenschirm mit dem SPAR-Logo. Eine Tasse, ein Krug und ein Sechserträger mit leeren Gösser-Bier-Flaschen standen auf einem Ablagebrett, das gleich hinter der Eingangstür an die Wand montiert worden war. Die Tür war unverschlossen gewesen, zumindest fand man keinerlei Spuren, die auf einen Einbruch hingedeutet hätten. Den bisherigen Ermittlungen zufolge hatte sich schon seit geraumer Zeit niemand mehr um dieses Anwesen gekümmert. Der Besitzer war ein alleinstehender, älterer Herr, der aufgrund seines Gesundheitszustandes vor zwei Jahren in ein Altenwohnheim übersiedelt war. Er hatte die Hütte in den warmen Monaten immer als Wochenenddomizil verwendet. Mit seinem Ausbleiben war das Häuschen jedoch zunehmend verfallen.

Das Schilfdach war brüchig geworden und bot dem vier mal vier Meter großen einzigen Raum weder gegen Wind noch gegen Regen Schutz. Der kalte Wind pfiff durch die Ritzen und große von Schimmel besetzte Wasserflecken an den Dielen zeugten vom undichten Dach. Auch jetzt tropfte an manchen Stellen das

Schneewasser herunter. Die Leiche war bereits wenige Stunden nach ihrem Auffinden in die Gerichtsmedizin nach Wien gebracht worden. Lediglich ein weißer Strich am Mittelbalken der Hütte markierte die Stelle, an der man sie gefunden hatte. Kein schöner Ort, um zu sterben.

»Hauptmann Rohringer, Kripo Wien.« Rainer Rohringer streckte dem Kollegen, der am Bootssteg stand und sich Notizen machte, die Hand entgegen. In der Eile hatte er die Dienstabzeichen und Namenschilder an den Uniformen der anwesenden Polizisten erfasst Demnach war Oberwachtmeister Pressnig der derzeit Ranghöchste hier vor Ort. »Ich will mich nicht einmischen, Kollege Bezirksinspektor Pressnig. Mein Erscheinen beruft sich auf einen Befehl der Landespolizeidirektion.«

»Wieso so förmlich, Rainer? Oder ist das bei euch in der Hauptstadt so? Pressnig Werner, 5b! Klingelt es? Ich war zwei Klassen unter dir in der Schule.«

»Ach herrje! Werner! Werner Pressnig! Natürlich. Wie geht es dir?«

»Wie es einem schon geht hier in der Provinz. Aber ich bin zufrieden mit dem, wie es ist. Wollte nie mehr und so ist es auch nie mehr geworden.«

»Mensch, Pressnig, alter Halunke. Wie lange ist das her? Zehn Jahre? Zwölf?« Rainer Rohringer freute sich sichtlich, seinen Schulkollegen aus alten Zeiten wiederzusehen. »Wir müssen uns unbedingt einmal auf anderem Boden treffen. Es gibt sicherlich viel zu erzählen. Nur jetzt sollten zum Beruflichen kommen.«

In wenigen Worten fasste Werner Pressnig den Stand der Ermittlungen zusammen. Die Leiche war gegen vier Uhr nachmittags von einem deutschen Urlauber gefunden worden. Er war auf der Suche nach Fotomotiven in der Gegend und sah die verfallene Hütte. Seinen Angaben nach war es der seltsame Geruch, der ihn dazu veranlasst hatte, näher heranzukommen. Schließlich hatte er durch das Fenster geblickt und die Leiche entdeckt.

»Sie hing dort am Balken. Die Stelle wurde markiert.« Bezirksinspektor Pressnig blickte ins Innere der Hütte und zeigte auf den vierkantigen Mittelbalken, der längs durch das Bootshaus verlief. »Kein Hinweis auf ein Kampfgeschehen. Sie trug Handschuhe. Ein Abschiedsbrief. Wohl Selbstmord.«

»Handschuhe?«, wiederholte der Hauptmann aus Wien ungläubig und zog dabei die rechte Augenbraue nach oben.

»Ich weiß, was du denkst. Ungewöhnlich. Wobei auch wir hier draußen Minustemperaturen haben. Trotz des gemäßigten Klimas.«

»Irgendwelche Spuren, die auf einen Mord hindeuten würden?«

»Bis jetzt noch nicht! Meine Männer sind im Dauereinsatz. Nichts lässt auf einen Einbruch schließen. Außerdem gibt es ja einen Abschiedsbrief. Die Ergebnisse der Spurensicherung sind bis dato negativ. Die Tote ist eine gewisse Elena Weinmann. Ein Egon Weinmann hat sie wenige Tage zuvor als vermisst gemeldet. Das Mädchen kennt laut seiner Auskunft niemanden hier draußen. Auch in der Gegend war sie niemandem aufgefallen.«

»Egon Weinmann. Der Juwelier?«

»Ja! Herr Weinmann hat das Mädchen vor Jahren bei sich aufgenommen. Es war seinerzeit verwahrlost und völlig verwirrt aufgefunden worden. Komische Sache.«

»Hmm. Eigenartiger Fall. Klingt nach Selbstmord und doch wieder nicht. Mit einem Wort: Völlig unklar!«

»Das trifft es recht gut.« Werner Pressnig räusperte sich und setzte ein wenig überheblich hinzu: »Auch wenn es zwei Wörter sind.« Bei einem alten Schulkollegen, so glaubte er, konnte er sich diese kleine Provokation schon erlauben. Rainer Rohringer verstand den Seitenhieb. Ohne näher darauf einzugehen bat er um Einblick in die Akte.

»Natürlich«, erwiderte Pressnig, »ich lasse sie dir zukommen.«

TEIL 5

Warschau März 2017

Es war Freitag, der 3. März 2017. Warschaus Kirchenglocken ertönten über der Stadt und vermischten sich
mit Geräuschen von heruntergezogenen Rollläden.
Viele Geschäfte schlossen um diese Zeit und ihre Besitzer verriegelten die Türen. Es war kurz nach 18 Uhr,
der Feierabend begann.

Jana war bereits zu Hause, als die Dämmerung
über die Stadt hereinbrach. In der Winterzeit waren
die Sonnenstunden begrenzt. Den längst anstehenden
Wohnungsputz hatte sie wieder einmal verschoben.
Ihrer Meinung nach hatte sie sich nach fünf harten
Arbeitstagen eine Ruhepause verdient. Lediglich die
Blumen wollte sie noch gießen, denn das Blattwerk war
welk, die Erde in den Töpfen rissig und die Pflanzen
dürsteten nach Wasser.

Jana freute sich auf einen gemütlichen Fernsehabend. Sie zappte noch schnell durch die einzelnen
Sender, bevor der Freitagabend-Krimi begann, als sie
plötzlich innehielt und gebannt auf den Bildschirm
starrte. Sie war auf Telewizja Polska gelandet, einem
lokalen Nachrichtensender. Hektisch betätigte sie den

Lautstärkenregler. Sie wollte ja kein Wort überhören.

Ohne den Blick abzuwenden stellte sie die halb leere Flasche Bier auf dem Fensterbrett ab. Das Bild, das gerade eingeblendet wurde, war ihr bestens bekannt und versetzte ihrem Herzen einen tiefen Stich. Gleich einem stummen Schrei aus der Vergangenheit erinnerte sie das Gemälde an eine wertvolle Freundschaft, die auf ewig zu halten sie gelobt hatte und die trotz bester Vorsätze in Vergessenheit geraten war.

Der Bericht, der gerade eben ausgestrahlt worden war, betraf eine Tote in Österreich. Die Leiche einer jungen Frau war in einer verlassenen Bootshütte gefunden worden. Unweit von Wien, an einem See, dessen Name Jana nie zuvor gehört hatte Ein polnischer Journalist war im Zuge seiner Internet-Recherchen über den höchst brisanten Kunsterwerb, der seit Monaten die polnischen Medien und Kunstexperten aus aller Welt beschäftigte, über diese höchst eigenwillige Schlagzeile gestolpert.

»Da-Vinci-Leiche. Ermittler gehen von Selbstmord aus.«

Die Bezeichnung »Da-Vinci–Leiche« hatte den Reporter neugierig gemacht, sodass er nach dem Originalartikel gesucht und ihn wenig später auch gefunden hatte.

Mysteriöser Leichenfund in der Gemeinde Illmitz im Burgenland.

In einer verlassenen Fischerhütte wurde die Leiche einer Frau aufgefunden. Ein Fotograf, der die Hütte als Motiv verwenden wollte, entdeckte die an einem Balken erhängte Frau. Die Identität der Toten ist bekannt. E. W. hatte zuvor noch einen Abschiedsbrief verfasst. Die Bezeichnung Da-Vinci-Leiche beruht auf einem eigenartigen Fund. In der Hosentasche der Leiche fand man einen zusammengefalteten Zeitungsausschnitt, der das Gemälde »Die Dame mit dem Hermelin« von Leonardo da Vinci zeigt. Es wird von einem Selbstmord ausgegangen.

Das Bild, so war zu lesen, hatte wenige Tage zuvor der Kronen Zeitung als Titelseite gedient, auf der über den wohl unglaublichsten und einzigartigsten Kunsterwerb der Geschichte ausführlich berichtet wurde. Die Kunstexperten der ganzen Welt hatten diesen außergewöhnlichen Kauf, der im Dezember 2016 in Warschau über die Bühne ging, dokumentiert und vielerorts auch kritisiert. Der Artikel in der Kronen Zeitung hingegen war informativ und ergriff für keine Seite Partei. Umfassend wurde von der legendären und einzigartigen Privatsammlung einer alten Krakauer Adelsfamilie berichtet, die aus über 80 000 Exponaten bestand und nun an die polnische Regierung verkauft worden war.

Das Hauptaugenmerk der Berichterstattung galt dem Meisterwerk der Sammlung: Leonardo da Vincis »Dame mit dem Hermelin«, seine Entstehungsgeschichte und seine abenteuerliche Irrfahrt durch Europa während des Zweiten Weltkrieges. Mit einem Schnappschuss der Vertragsunterzeichnung, der die beiden Vermittler, den polnischen Kulturminister Piotr Glinski und den Grafen Adam Czartoryski, bei der Abgabe ihrer Unterschriften zeigte, endete der Artikel.

Mit einem Schlag war der gemütliche Fernsehabend vorbei. Der Bericht hatte Jana in die Vergangenheit zurückkatapultiert. Sie machte ihren PC an. Flink bewegten sich ihre Finger über die Tastatur und tippten Suchbegriffe nach der »Dame mit dem Hermelin« bei Google ein.

In Windeseile öffneten sich im World Wide Web über 240 000 Einträge. Jana staunte immer wieder über die Einzigartigkeit und Schnelligkeit dieser Suchmaschine. Sie klickte auf einen Wikipedia-Artikel und begann zu lesen.

Bereits nach wenigen Sätzen fand sie sich in ihrer Kindheit wieder. Ein wärmendes, heimeliges Gefühl stieg in ihr auf und wie von selbst schlossen sich ihre Lider.

Bilder vor ihrem inneren Auge brachten sie in eine Zeit zurück, die lange schon vergessen war. Ein kleines, sechsjähriges Mädchen erschien, das erstaunt und zugleich mit einem Anflug von Ekel auf ein noch nie gesehenes Tier blickte. Den Mund weit geöffnet, starrte das Kind auf ein Bild.

Der Erinnerung erlegen, begann Jana vor sich hin zu lächeln, denn der Augenblick, in dem sie mit dem ausgestreckten Zeigefinger auf das seltsame Tier gezeigt hatte, lag Jahrzehnte zurück und doch war der Moment jetzt greifbarer denn je. Als wäre er erst gestern gewesen. Die Erklärung, dass es ein Hermelin sei, ein großes Wiesel, half ihr damals wenig, denn weder den einen noch den anderen Begriff hatte sie je zuvor gehört. Hingegen war die Faszination, die dieses weiße, beinahe nackt anmutende Pelztier in ihr auslöste, bis heute ungebrochen.

»Das Bild ist unser Leben.« Jana erschrak und blickte um sich. Wie aus dem Nichts drangen die Worte an ihr Ohr, als wären sie gerade eben, hier in ihrem Zimmer laut ausgesprochen worden. Ein liebgewonnener Satz vergessener Tage. Die Sprachmelodie verschaffte Jana ein unbeschreibliches Glücksgefühl. Von weit her und doch so nah hallte es durch den Raum. In diesem unverkennbaren Jiddisch, das sie so sehr mochte. Eine Sprache, die nicht ihre war.

Ein plötzlicher Schuss stoppte Janas Zeitreise in die Vergangenheit und katapultierte sie in ihr Wohnzimmer zurück. Eine Frau war auf offener Straße getötet worden. Ein roter Lieferwagen raste mit quietschenden Reifen davon. Der Kriminalfilm im Hauptabendprogramm hatte begonnen.

Ohne davon Notiz zu nehmen, ging Jana zur Kommode in ihrem Schlafzimmer, öffnete die oberste Schublade und suchte nach dem Blatt Papier, das sie dort vor Jahren hineingelegt hatte.

Wien März 2017 (Jana)

»Wie hat sich doch alles verändert«, dachte sich Jana, als sie am Hauptbahnhof in Wien ankam. Der Bahnhof, der nicht mehr der alte war, mit den neuen mehrstöckigen Glaspalästen rundherum. Ein wichtiger Verkehrsknotenpunkt war entstanden, der den Westen mit dem Osten verband. Alles war elegant und modern und vermittelte Jana das Gefühl, in einer völlig anderen Stadt angekommen zu sein.

Vierzehn Jahre war es her, dass sie das letzte Mal hier gewesen war. Ein kleines polnisches Mädchen, auf sich allein gestellt in einer kalten unwirtlichen Metropole, die sie nicht kannte. Ihre damalige Suche nach Elena, ihrer besten Freundin, war im Sande verlaufen. Den vermeintlichen Ort ihres Aufenthaltes gab es damals bereits seit mehreren Monaten nicht mehr. Der Club Belladonna war der einzige Anhaltspunkt für Jana gewesen, andere Hinweise auf den Verbleib von Elena hatten sich nicht ergeben. Traurig und enttäuscht war sie damals wieder nach Polen zurückgefahren, wobei ihre Traurigkeit nicht ausschließlich mit ihrem Misserfolg zu tun hatte.

Auch wenn ihr das Verschwinden ihrer Freundin sehr naheging, noch mehr Schmerzen bereitete ihr der Abschied von dem Reporter, der sie bei ihrer Suche unterstützt hatte. In diesen zwei Wochen, die sie in Wien war, hatte sie sich in diesen gut aussehenden Kerl bis über beide Ohren verliebt. Es war alles so schnell gegangen und Jana ließ es geschehen.

Sie hatten eigentlich vereinbart, sich zu schreiben, und anfangs rief er an und schrieb SMS. Doch sie reagierte nie darauf. Weder auf das eine noch auf das andere, selbst wenn sie nicht nur einmal in der ganzen Zeit den Hörer in der Hand gehalten und seine Nummer gewählt hatte. Sie hätte nur auf die grüne Taste drücken müssen, doch Jana hatte sich nie dazu überwinden können. Wozu auch. Sie lebte in Warschau, er in Wien. Mit der Zeit waren seine Versuche weniger geworden und schlussendlich ganz ausgeblieben. Sie hasste sich für ihre Feigheit und litt viele Nächte lang. Irgendwann war er aus ihren Träumen verschwunden. Wie so oft heilt die Zeit alle Wunden. Die großen wie die kleinen.

Der Bericht, der unlängst im polnischen Fernsehen ausgestrahlt worden war, riss die längst verheilt geglaubten Narben wieder auf. Sowohl die der vergessenen Freundschaft, aber mehr noch die einer wunderschönen Liebe.

Wie würde es sein, wenn sie Florestan jetzt in wenigen Minuten wiedersehen würde? Nervös blickte sie am Bahnsteig um sich. Wo würde er sie erwarten? In der Bahnhofshalle? Am Bahnsteig? Oder doch erst vor dem Bahnhof im Auto sitzend? Seit sie damals in der Kommode nach seiner Adresse und seiner Telefonnummer gesucht hatte, spukte er in ihrem Kopf herum. Würde ihm ihr Haarschnitt gefallen? Wie sah es mit ihrer Garderobe aus? Würden ihm ihre Sachen gefallen? Der Hosenanzug? Das Kleid? Der Mantel? Sie konnte keinen klaren Gedanken mehr fassen. Alles drehte sich um Florestan und ihr baldiges Wiedersehen. Sie war erst wenige Meter gegangen, als sie ihn sah. Groß, dunkelhaarig. In der Hand hielt er einen Strauß weißer Rosen. Ihre Lieblingsblumen. Er hatte es nicht vergessen. Einem zärtlichen Küsschen auf beide Wangen folgte eine innige Umarmung. Er fühlte sich immer noch gut an.

»Wie ist es dir ergangen?«, fragte er kurze Zeit später. Sie waren in das Hotel gefahren, das er für sie gebucht hatte. Als Jana ihn vor einer Woche kontaktiert hatte, dachte er, aus allen Wolken zu fallen. Ihr Anruf traf ihn völlig unvorbereitet. Sie müsse ihn unbedingt sehen und mit ihm eine brisante Angelegenheit besprechen. Nähere Details könne sie am Telefon nicht preisgeben. Das waren ihre Worte gewesen. Förmlich, kurz und bündig. Nach vierzehn Jahren des Schweigens. Ohne lange zu überlegen sagte er dem Treffen zu, insistierte jedoch mehrmals, sie solle zumindest eine Andeutung machen, worum es gehen würde. Sie verneinte mehrmals, bis er klein beigab und stattdessen betonte, dass er sich freuen würde, sie zu sehen.

Als sie nun in ihrem Hotelzimmer saßen, wussten beide nicht so recht, wie sie mit der Situation umgehen sollten. Wo und vor allem wie sollten sie nach dem damals eher abrupten Ende ihrer Liebesbeziehung beginnen?

Zu viel ging Jana durch den Kopf und gleichzeitig war sie einfach nur überglücklich ihn endlich wiederzusehen. Wie gut er immer noch aussah, dachte sie und griff nach dem Glas Wein, das er eingeschenkt hatte und es ihr nun reichte. Verstohlen sah sie auf seine rechte Hand. Mit einem Hauch von Erleichterung freute sie sich, keinen Ring zu finden. Er war nicht verheiratet.

»Also gut, nachdem ich auf meine Frage keine Antwort bekomme«, schoss es aus ihm heraus, und er hoffte, dadurch der unangenehmen Stille, die zwischen ihnen entstanden war, ein Ende zu bereiten, »muss ich wohl eine andere stellen.«

Der Satz war kaum zu Ende gesprochen, als ihm die Sinnlosigkeit der Wörter aufging. Was redest du nur für einen Blödsinn? Was ist nur los mit dir? Er ermahnte sich, ruhig zu bleiben und einen klaren Kopf zu bewahren. Doch wie sollte er, wenn die Antwort auf all seine Fragen vor ihm saß. Er überflog sein Gegenüber. Ihren Körper, der ein wenig an Rundungen zugenommen hatte, ihre braunen Haare, kurz geschnitten, scheitellos, wie damals. Ihr Gesicht, freundlich lächelnd, als könnte sie kein Wasser trüben. Alles überstrahlend jedoch war dieses unbeschreibliche Blau ihrer Augen. Warm und anziehend, wie bereits vor vierzehn Jahren. Unverändert sanft und gütig. Als sei es das tiefe blaue Meer, in das er blickte und in das er sich getrost fallen lassen konnte. Nichts würde passieren, er würde fallen und wohlig weich in ihren Armen landen und endlich ankommen.

Ankommen! Dieser Wunsch, den er jahrelang gehegt hatte, das waren jene acht Buchstaben, die sich aneinanderreihten.

Der Zauber des Augenblicks kam unangemeldet und übermannte sie mit immenser Wucht.

Schuhe flogen durch die Gegend, Finger zerrten an Hemdknöpfen, Hosen wurden hastig abgestreift. Die Erregung erfasste sie unaufhaltsam. Die unerfüllte Sehnsucht der letzten Jahre entlud sich hier und jetzt. Ein Entrinnen war weder möglich noch gewünscht.

»Wie habe ich dich vermisst.« Sie lag in seinem Arm. Keuchend, verschwitzt, nur mit einem Bettlaken bedeckt. »Wie habe ich dieses Gefühl vermisst. Zu zweit eins werden. Das empfangene Glück zufrieden annehmen. Ohne Wenn und Aber und einen Gedanken an die Zukunft.«

Spät am Abend bekamen sie Hunger und ließen sich einen Caprese-Salat auf das Zimmer kommen. Der Duft des frischen Basilikums erfüllte den Raum. Trotz der Uhrzeit tranken sie einen Roséwein zum Essen. An Schlafen wollte keiner von ihnen denken. Florestan schob sich eine Gabel mit Tomaten und Mozzarella in den Mund und schwebte im italienischen Himmel, als Jana seinem Glück einen heftigen Dämpfer verpasste.

»Ich bin nicht wegen dir nach Wien gekommen.« Sie merkte an seiner Reaktion, dass sie ihn mitten ins Herz getroffen hatte. Florestan hatte sich verschluckt und ein starker Hustenanfall folgte. Mit einem Male war der Zauber dahin. Die Kerzen ausgeblasen, das Licht erloschen.

»Warum bist du hier? Was kann ich für dich tun?« Seine Stimme klang hart und sachlich. Er hatte in den Arbeitsmodus gewechselt, das Gesicht immer noch hochrot vom Anfall. »Aber bevor wir jetzt zur Tagesordnung wechseln, beantworte mir nur eine einzige Frage. Nur eine Frage und eine Antwort.«

»Muss ich antworten?« Jana ahnte, was ihn bedrückte. Die ganze Zeit über lag die Frage schon auf seinen Lippen.

»Ich kann dich nicht zwingen. Nur bitten.«

Jana nickte und vermied es, ihm in die Augen zu schauen.

»Warum hast du nie auf meine Anrufe reagiert. Auf meine SMS?«

Jana hatte sich vor dieser Frage gefürchtet. Vierzehn lange Jahre hat sie um eine Antwort gerungen. Verheulte Nächte hatte sie durchlebt, sich mehrere Tage krankgemeldet, weil sie zum Arbeiten nicht mehr fähig war. Irgendwann hatte sie aufgehört, nach einer Antwort zu suchen, die sie im tiefsten Inneren ja schon lange kannte. Sie wollte sich von Florestan befreien.

Und jetzt lag sie verschwitzt und zufriedener, als irgendjemand sein konnte, in seinen Armen und konnte ihm immer noch nicht die Wahrheit sagen. Dass sie zu feige gewesen war, sich für ihn zu entscheiden. Dass sie Angst gehabt hatte vor der Veränderung. Sie hätte Warschau verlassen und in einer unbekannten Stadt neu beginnen müssen. Sicher, an seiner Seite hätte sie das alles geschafft … aber …

All dies und noch viel mehr hätte sie ihm jetzt sagen müssen und alles wäre vielleicht wieder ins Lot gekommen. Anstelle dessen sagte sie nur: »Was hätte es gebracht, wenn ich auf deine Anrufe, auf deine SMS geantwortet hätte?«

Sie sah es in seinen Augen, wie weh ihm diese Worte taten.

»Und das hier«, er deutete auf das zerwühlte Laken, »was um alles in der Welt hat das gebracht?« Mit einem Schlag hatte sich sein Gesichtsausdruck verändert. Wild entschlossen fuhr er hoch, suchte nach seinen Kleidern. Mit Socken, Hosen und Hemd verschwand er im Bad.

»Aber interessiert dich nicht, warum ich hier bin?« Jana blickte ihm nach, als er wenig später erzürnt auf die Zimmertür zupreschte und sie aufriss.

Im Hinausgehen und ohne sich umzudrehen, gab er ihr die knappe Antwort.

»Morgen um vierzehn Uhr in meinem Büro.«

Wien März 2017 (Jana / Florestan)

Punkt vierzehn Uhr klopfte Jana an die Bürotür von Florestan Voigt.

»Danke, dass du dem Wachhund in der Portiersloge über meinen Termin informiert hast.« Mit Schaudern erinnerte sich Jana an ihren ersten Auftritt hier in der Redaktion. Nur mit viel Glück war sie damals zu Florestan Voigt vorgelassen worden. Dieses Mal lief alles reibungslos. Zumindest was den Weg in Florestans Büro betraf. Allerdings merkte sie gleich beim Eintreten, dass der vergangene Abend ihrem Verhältnis geschadet hatte. Florestan wirkte reserviert und kühl.

»Bitte, nimm Platz.« Kaum dass er sie eines Blickes würdigte, bot er ihr einen Stuhl an. Jana war geneigt, das kühle Auftreten zu ignorieren, verwarf allerdings den Gedanken und ging zum Gegenangriff über.

»Sollte ich dich gestern Abend gekränkt haben, dann tut es mir leid. Du weißt genau, was ich für dich empfinde. Warum ich deine Anrufe nicht angenommen habe … ich kann es dir nicht sagen. Wahrscheinlich war ich zu feige. Zu jung. Zu dumm. Frag mich nicht. Ich kann dir nichts Rechtes dazu sagen. Und noch weniger kann ich dir deine nächste Frage beantworten. Ich weiß nicht, ob ich jetzt, vierzehn Jahre später, dazu bereit bin. So …«, Jana schnaufte kräftig durch und fuhr fort, »… jetzt liegt es an dir, meine Entschuldigung anzunehmen oder nicht. Wenn nicht, dann schließt sich diese Tür dort und du wirst mich nie mehr wiedersehen.«

»Angenommen.« Seine Antwort war kurz und knapp. Und das Lächeln war in Florestans Gesicht zurückgekehrt, als er sie anblickte und auf eine Kiste deutete, die sie unter dem Arm trug. »Was bringst du mir da?«

»Den Grund, warum ich hier bei dir in Wien bin.« Ohne lange Ausführungen breitete Jana den Inhalt der Kiste auf dem Tisch aus. Es war nicht sehr viel, doch für ihre Freundin Elena hatte es alles bedeutet. Großmutters Hab und Gut. Mehr war von ihr nicht übrig geblieben.

Florestan staunte nicht schlecht, als seine Finger behutsam über die Sachen strichen. Ein Anhänger mit Medaillon, ein kleines, zerfranstes Büchlein, ein Bleistift mit abgebrochener Mine und eine Fahrkarte Hamburg–Warschau, datiert auf den 3. Juli 1955.

Er warf einen Blick in das kleine Buch und überflog ein paar Seiten. Was er hier in der Hand hielt, war ein unglaublich wertvolles Zeitzeugnis, und in Gedanken sah er sich schon einen Bericht darüber verfassen, als ihm erst die Besonderheit an diesem Werk ins Auge stach. Die Aufzeichnungen waren allesamt in Deutsch verfasst. Jana dürfte seine Verwunderung bemerkt haben und lieferte die Erklärung, noch bevor er danach fragen konnte. Elenas Großvater war Deutscher gewesen. Bei der Wehrmacht tätig. Ihre Großmutter, die diese Zeilen geschrieben hatte, war Polin. Genau genommen eine polnische Jüdin. In der Familie wurde Deutsch gesprochen.

»Ein Wehrmachtsangehöriger und eine polnische Jüdin?« Florestan glaubte kaum, was er da hörte. Eine höchst brisante Kombination für die damalige Zeit.

»Was hat das alles zu ...« Er kam nicht dazu, seinen Satz zu beenden.

»Das ist eine lange Geschichte«, fiel ihm Jana ins Wort. »Eine sehr lange sogar. Aber ich denke, sie ist noch nicht zu Ende. Hör zu ...«

Es schien, als wollte Jana nie mehr aufhören. Sie erzählte Florestan die Geschichte der Kowalskis, wie sie von Mara Kowalski, genannt Mamele, akribisch in dem Büchlein festgehalten worden war. Als Jana diesen Schuhkarton vor vierzehn Jahren aus Elenas Wohnung mitnahm, hatte sie nicht wissen können, welch unfassbaren Schatz sie da in Händen hielt. Sie kannte weder das Tagebuch von Mamele noch all die anderen Sachen, die dort verstaut gewesen waren. Sie wusste damals nur so viel: Diese Kiste hatte Elena sehr viel bedeutet. Darum hatte Jana sie mitgenommen.

»Als ihr einziges Hab und Gut hatte es die Schwester aus dem Altenwohnheim bezeichnet«, sagte Jana mit gedämpfter Stimme.

»Aber was hat das alles mit mir, mit Wien, mit uns zu tun?« Diesmal hatte Jana ihn nicht unterbrochen und einer Inszenierung gleich legte sie nun den Trumpf der Sammlung aus Mameles Kiste vor ihn auf den Tisch. »Kommt dir das bekannt vor?«, fragte sie Florestan und schob ihm eine alte vergilbte Fotografie hinüber.

»Die Dame mit dem Hermelin. Wer kennt es nicht? Zählt wohl nach der Mona Lisa und dem Abendmahl zu Da Vincis berühmtesten Werken. Ein wunderbares Porträt.«

»Genau! Nur wenn du in dem kleinen zerfransten Büchlein ein wenig herumblätterst, wirst du erkennen, dass es mehr als nur ein wunderbares Porträt ist. Die Kowalskis verdanken diesem Meisterwerk von Leonardo da Vinci ihr Leben.« Jana war mehr als aufgeregt und wusste nicht so recht, wie sie den roten Faden ihrer Geschichte beibehalten sollte.

Unentwegt quoll es aus ihr heraus. Von der Fernsehsendung, die unlängst in Polen ausgestrahlt worden war, über den Kunstdeal ihrer Regierung, den Zeitungsausschnitt mit dem Bild, das bei einer toten Frau in der

Nähe von Wien gefunden worden war, bis hin zu Elena, die plötzlich und völlig unerwartet vor vierzehn Jahren verschwand und nie gefunden worden war. Die eine Kowalski war und die Bedeutung des Bildes für diese Familie sehr wohl kannte.

»Moment mal! Alles schön der Reihe nach. Also wenn ich dich richtig verstanden habe, dann glaubst du, dass das tote Mädchen am See Elena ist? Elena Kowalski?«

Jana nickte stumm.

»Und wenn ich jetzt deinen Faden weiterspinne, dann beruht deine Annahme auf dem Bild, das in der Hosentasche der Toten gefunden wurde.«

Jana nickte ein weiteres Mal.

»Ich war dort, als die Leiche entdeckt wurde. Ganz in der Nähe. Ich war gerade krank und von der Arbeit freigestellt. Ich kann mich noch gut an den Tag erinnern. Das ganze Dorf war damals in hellem Aufruhr. In einer Zweihundert-Seelen-Gemeinde passiert eben nicht jeden Tag so eine Tragödie. Die Ermittlungen waren allerdings relativ rasch eingestellt worden. Man ging von einem Selbstmord aus. Eine verworrene Geschichte. Laut Polizei hatte man nichts gefunden, das auf ein Verbrechen hindeutete. Ich hatte zu recherchieren begonnen. Aber wie gesagt, das Ganze fand dann bald ein Ende. Es war das erste Mal nach meinem Burnout, dass ich wieder an einem Fall gearbeitet hatte.«

»Ich will sie sehen!« Jana unterbrach seinen gedanklichen Ausflug in die Vergangenheit. »Ich will sie sehen!«

»Wen? Die Leiche? Jana, das ist unmöglich. Das Ganze liegt jetzt zwei oder drei Monate zurück. Niemand wird dir die Leiche zeigen können, abgesehen davon wird nichts mehr zu erkennen sein.«

»Ein Bild. Es wird wohl ein Bild von der Leiche geben«, schrie Jana ihn an und dämpfte gleich darauf ihre Lautstärke, als sie sich ihres Ausbruchs bewusst wurde. Wortlos drehte sich Florestan auf seinem Stuhl zu einem Aktenschrank, griff nach einem gelben Ordner, blätterte darin und schob ihn Jana aufgeschlagen über den Tisch.

Bereits an ihrem Gesichtsausdruck erkannte Florestan, dass Jana mit ihrer Befürchtung ins Schwarze getroffen hatte.

»Mein Gott! Es ist Elena!«

Krakau 1945

Florestan hatte Jana in ihr Hotelzimmer gebracht. Nach Geschehnissen der letzten Stunden suchte er nach ein wenig Ruhe. Er musste seine Gedanken sammeln. Jana erging es ähnlich Auch sie suchte die Einsamkeit. Die Gewissheit über Elenas Tod hatte sie bis ins Mark getroffen.

Er war im Stadtpark gelandet. Die Grünfläche im Herzen von Wien zählte zu den Touristenattraktionen dieser Metropole. Auch wenn es weitaus ruhigere Plätze gab, so übten das Plätschern des Wassers im See und die Gartenanlagen eine beruhigende Wirkung auf ihn aus. Was er jetzt suchte, war Ruhe,um den Wirrwarr in seinem Kopf zu ordnen.

Die Sache mit Janas Freundin ging auch ihm sehr nahe, obwohl er Elena nur aus den Erzählungen kannte. Doch noch etwas anderes beschäftigte Florestan. Er spürte es schon seit geraumer Zeit und die mit Jana durchgeführten Recherchen hatten es noch verstärkt. Er vermisste seine Arbeit. Auch wenn die Freistellung in gewisser Hinsicht sehr angenehm und für seinen Heilungsprozess unabdingbar war, ohne Arbeit war er nur ein halber Mensch. Die letzte Zeit hatte ihm dies deutlich vor Augen geführt. Er nahm sich vor, in den kommenden Tagen seinen Arbeitgeber Werner Altmann, den Chefredakteur von Wien-Aktuell, zu kontaktieren.

Er setzte sich auf eine Parkbank. Gleich neben dem Wetterhäuschen mit Blick auf den kleinen See. Jana hatte ihm erlaubt, das Büchlein aus Mameles Kiste mitzunehmen. Er blätterte und fand bald, wonach er gesucht hatte.

***

10. Januar 1945

Mein Mann sagte mir, ich solle pünktlich sein. Der Generalgouverneur dulde keine Verspätung. Ich solle adrett gekleidet erscheinen. Hände und Gesicht gewaschen haben. Auch sollte ich auf die Fingernägel achten. Nichts Schwarzes sollte darunter zu sehen sein.

Es war sechzehn Uhr, als ich zur Stunde genau auf der Wawelburg von einem Bediensteten Einlass bekam. Er führte mich in das Musikzimmer seines Herrn, das gleichzeitig auch als Besprechungsraum für kleinere Gesellschaften diente. Er bat mich, auf einem gepolsterten, mit Gobelin bezogenen Stuhl

Platz zu nehmen. Herr Frank würde bald eintreffen.

Der Raum beeindruckte, aber mehr noch erdrückte er mich. Die Holztäfelungen an den Wänden, die Kassettendecken am Plafond. Alles edel, aus feinsten Hölzern geschaffen. Zum Teil zierten auch noch Einlegearbeiten in unterschiedlichsten Holzarten die Wandverkleidungen. Ein schwarzer Stutzflügel, ein Eichenholztisch, der geknüpfte Teppich, der die Schritte dämpfte, die Gemälde an den Wänden. Ich ging das Zimmer ab, gleichwohl ich wusste, ich sollte es nicht tun.

Was für ein Reichtum! Was für ein Luxus.

Die Bevölkerung, nur wenige Meter vor diesen Hallen, bettet sich auf Stroh und streitet sich um jede einzelne Kartoffel, während hier der Prunk überquoll. Ich fühlte mich unwohl. Das Warten ängstigte mich, zumal ich den Eindruck hatte, man beobachtet mich. Waren es nur die Augen all jener Gesichter, die in Öl gemalt aus ihren Rahmen starrten? Ich fror und begann zu zittern. Hatte Hans Frank uns eine Falle gestellt? Mir und meinem geliebten Gebhard?

»Mara, er will dich sehen.«

Ich versuchte, mich an den genauen Wortlaut meines Gatten zu erinnern. »Ich habe mit ihm gesprochen.

Er will uns helfen und dir deutsche Papiere geben.«
Wieso kam er nicht, dieser Herr Frank? Ich drückte
mich auf den Stuhl und machte mich klein. »Welche Veranlassung treibt ihn dazu?«, hatte ich meinen Mann gefragt. Welchen Vorteil versprach er sich
von seiner Hilfe?

»Ich traue ihm nicht.« Immer wieder habe ich diesen Satz Gebhard entgegengeschleudert. Ich traue
diesem Mann nicht!

»In Zeiten wie diesen kannst du niemanden vertrauen, Liebes. Nicht einmal deinem besten Freund.
Aber uns bleibt keine andere Wahl, als es doch zu
tun.« Die Worte meines Mannes sollten mich be-
ruhigen, aber sie taten es nicht.

»Gebhard! Ich bin Jüdin und er weiß davon. Verstehst du? Eine Jüdin. In seinen Augen bin ich
wertlos. Bin ich der Dreck in der Gosse. Das größte
Übel der Menschen! Warum sollte er mir helfen?«

»Vielleicht ist in seinem Herzen doch ein Hauch
von Mitleid eingezogen. Schließlich ist er ja auch
nur ein Wesen aus Fleisch und Blut.«

Florestan hatte das Büchlein zur Seite gelegt. Die Zeilen schockierten und faszinierten ihn zugleich. Die
Abartigkeit der damaligen Ideologie und die Detail-
liertheit des Geschriebenen zogen ihn in den Bann.

Von Tagebuchaufzeichnungen, wie er sie zunächst angenommen hatte, waren diese Schilderungen weit entfernt. Beinahe gewann man den Eindruck, man würde einen Roman in Händen halten. Nach einer kurzen Pause las Florestan weiter.

Plötzlich stand Hans Frank im Zimmer. Ich hatte sein Eintreten nicht bemerkt. Erschrocken fuhr ich hoch. Gekleidet in Reitermontur stolzierte er vor mir auf und ab. Der Geruch von Pferdeschweiß haftete noch deutlich an ihm.

»Das ist also die besagte Mara. Jene Frau, die meinem ach so geliebten Rittmeister den Kopf verdreht hat und ihm in Bälde einen unehelichen Balg bescheren wird.«

Frank bat mich in die Mitte des Saales zu treten. Ich sollte mich langsam vor ihm drehen. Er wolle mich von allen Seiten kennenlernen. Er lachte über sein Wortspiel. Ich zitterte und zog mir mein Kleid so tief über die Beine herunter, wie es nur ging. Plötzlich hieb er mit der Reitgerte, die er in der Hand hielt, auf meinen Bauch. Es war kein fester Schlag, doch stark genug, um mir einen Laut zu entlocken.

»Und ... wie geht es dem Judenbalg da drinnen?«, fragte er höhnisch. »Weißt du eigentlich, in welche Schwierigkeiten du deinen Mann bringst? Er würde

sterben für dich. Für ein armseliges Judenmädchen. Muss Liebe schön sein.« Sein Zynismus ekelte mich an und doch glaubte ich, an der Art, wie er es sagte, einen Hauch von Neid herauszuhören.

Ein einsamer, armer Mann stand vor mir. Ich flehte ihn an, mich nicht mehr zu schlagen. In stolzem, aufrechtem Gang umkreiste er mich und fuhr dabei mit seiner Reitgerte an meinem Körper entlang. Er begann an meiner Wade und schob den geflochtenen Stab langsam an meinem Bein hinauf. Immer höher. Er war unter meinem Kleid. Ich fühlte die Spitze der Gerte bereits an meinem Oberschenkel.

»Ich kann ihn verstehen. Ihr Judenfrauen habt etwas Laszives an euch. Mein Rittmeister hat Geschmack.« Hans Frank lachte, fuhr allerdings in ernsterem Ton fort. »Was würdest du davon halten, wenn ich einmal auf einen Besuch bei dir vorbeikomme. Nachts, wenn dein Mann nicht da ist!«

Er stand hinter mir. Die Ausdünstung des Pferdes, die ihn umgab, sein Atem, der meinen Hals streifte. All das machte mir Angst und ich ahnte Schreckliches. Ich glaubte bereits, die Gerte zwischen meinen Beinen zu spüren, als er plötzlich zurücktrat, meine Papiere auf den Tisch warf und aus dem Zimmer ging. Mir schwanden die Kräfte und ich stürzte auf die Knie. In diesem Augenblick wusste ich, dass ich mit meiner Vermutung recht hatte. Diesem Mann zu vertrauen war, wie dem Teufel persönlich die Hand zu reichen. Er würde kommen und mich holen. Die Türen durften nicht mehr unverschlossen sein.

»Er wird mich töten, Gebhard.« Verstört und noch zittrig auf den Beinen war ich zu meinem Mann zurückgekehrt. »Verstehst du. Dieser Mann benutzt uns. Wenn er unsere Hilfe nicht mehr benötigt, wird er uns erschießen.«

»Und deshalb gibt er dir deutsche Papiere. Schau her. Mara Striesewitz. Geboren in München. Gatte Gebhard Striesewitz. Wehrmachtssoldat.«

»Ich habe es in seinen Augen gesehen. Ganz deutlich. Dieser Mann ist böse und falsch.«

»Du siehst Gespenster, meine Liebe«, lachte mein Mann und wedelte dabei mit den Papieren in der Luft.

»Welches seiner Gemälde mag er besonders? Sein Lieblingsbild?«

»Wie bitte? Mara, ich verstehe nicht, was du willst? Was soll das alles? Von welchen Bildern sprichst du?«

»Die zahlreichen Gemälde in seinem Palast. Ich habe sie gesehen. Die Porträts der Frauen und Männer, die da von den Wänden herabblicken. Wenn er nur ein einziges davon mitnehmen könnte, welches würde er nehmen? Welches?«

»Die Dame mit dem Hermelin vermutlich. Er hat bereits vor Jahren alles darangesetzt, sie Hermann Göring zu entreißen, und ließ das Ölgemälde nach Krakau bringen. Vielmehr habe ich sie ihm hierhergebracht.«

»Du?«, fragte Mara erstaunt, und war im selben Moment entzückt über diesen Umstand. »Umso besser. Dann wird er wenig Verdacht schöpfen, wenn du dich neuerlich um diese Dame kümmerst. Du musst dieses Bild irgendwie in deinen Besitz bringen. Sieh zu, dass du es während des Rückzuges hierher bringen kannst. Die Hektik und der ganze Trubel der Vorbereitungen werden dir dabei hilfreich sein. Es wird niemandem auffallen. Außerdem vertraut Frank dir. Er hat sie dir schon einmal überlassen.«

»Um Himmels willen, Mara. Was ist in dich gefahren? Wozu brauchst du dieses Ölbild?«

»Dieses Bild wird unser Leben sein. Glaube mir. Wenn irgendetwas mich retten kann, dann diese Dame in Öl. Ich werde es als Pfand benutzen. Mein Leben für das Bild.«

***

Es war ein Mittwoch. Schneefall über der Stadt. Für das besetzte Polen ein herrlicher Tag. Nicht nur des Wetters wegen. Seit Tagen rollten russische Panzertrupps unaufhaltsam durch das Land.

Es war der 17. Januar, als Warschau fiel. Der deutsche Widerstand war gebrochen. Unter Jubelstürmen und in einem Blumenmeer wurde die Rote Armee willkommen geheißen. Auch Teile von Litzmannstadt und Krakau waren bereits aufgegeben und geräumt zurückgelassen worden. Die Ostfront fiel. Schneller als gedacht. Die deutsche Besatzung war durch das schnelle Voranschreiten der russischen Truppen überrascht worden. Inoffiziellen Meldungen nach hätten viele von ihnen den Endsieg aufgegeben und vorzeitig kapituliert.

Hans Frank flüchtete in der Nacht des 17. Januar 1945. Sein Rückzug verlief hektisch und unkontrolliert. Genauso, wie ich es mir erhofft hatte. Ich hatte im Vorfeld einen Rahmen anfertigen lassen, der in etwa dem Maß des Ölgemäldes entsprach. Frank sollte getäuscht werden und in seinen Koffern auch einen wertlosen, leeren Rahmen verstauen. Mein Mann hatte wenig Mühe, den Tausch ungesehen zu vollziehen. Auch wenn ihm der Schweiß aus allen Poren rann und er vor lauter Aufregung und Angst das Original beinahe hätte fallen lassen, am Vorabend des Aufbruchs, am 16. Januar, hielt ich das Bild in meinen Händen.

»Schließ das Tor«, ermahnte ich Gebhard, als dieser nach Luft ringend bei uns zu Hause eintraf. »Niemand darf uns überraschen. Sieh zu, dass sämtliche Türen versperrt werden. Wo immer wir auch sind.« So ungeregelt und chaotisch der Aufbruch in der Nacht zum 17. Januar begann, so unkoordiniert verlief auch die Weiterreise nach Deutschland. Unser Weg führte uns durch Oberschlesien, weiter durch Mähren und Böhmen nach Oberbayern. Noch nie sah ich so viele Menschen auf der Flucht. Trosse von Pferdewägen, Frauen, Kinder, Alte, Junge. Alles war auf den Beinen und kämpfte sich durch die schneeverwehten Straßen. Zerbombten, abgebrannten Städten waren sie entkommen und strömten einer vermeintlich geglaubten Sicherheit entgegen, die keine war.

Der Propagandasender lief wie eh und je und hielt den Glauben der Bürger an den Endsieg aufrecht. Selbst wenn die Meldungen über die ruhmreiche, siegerprobte Wehrmacht nun weniger euphorisch klangen – man sprach lediglich von schwierigen, *aber keinesfalls aussichtslosen Kriegshandlungen –, so erlebte ich das wahre Ausmaß der Katastrophe auf dieser Reise nach Bayern. Nie werde ich das Elend entlang den Straßen und Feldern vergessen. All die Leichen. Ein Festmahl für Vögel, Füchse und Wildschweine. Das immerwährende Reich steuerte auf sein Ende zu, der Krieg war verloren. Die Generäle wussten, was der Bevölkerung verschwiegen wurde.*

In der Nacht zum 19. Januar erreichte unser Tross erschöpft und ausgelaugt unser Ziel. Ein kleines Dorf am Schliersee, nahe der Grenze zu Tirol. Hans Frank erzählte uns, er habe den Hof bereits vor dem Krieg erstanden, während er uns einen Schlafplatz im ersten Stock herrichten ließ. Es war einstöckiges Gebäude am Waldrand. Er zog im Erdgeschoss ein. Ich drängte Gebhard zum Aufbruch, doch mein Mann sagte, wir wären zu erschöpft zum Weiterreisen und ich solle doch an das Kind denken. »Lass uns morgen früh weiterziehen. Ein wenig Schlaf wird uns guttun.« Besorgt legte ich mich zu meinem Mann ins Bett. Ich bat ihn, er solle mich halten. Ganz fest, denn ich hätte Angst. So schlief ich ein. Sie kamen in der Nacht. Lautlos und ohne dass wir es bemerkten. Die Müdigkeit hatte uns vergessen lassen abzuschließen. Ich sah zuerst das

Licht der Fackel, dann spürte ich Hände, die mich

packten und aus dem Bett zerrten.

»Guter Herr, ist neben Ihnen noch ein Platz frei?« Die Stimme der Frau klang fordernd und bestimmt, so als hätte sie ihre Bitte schon einmal vorgebracht. Florestan starrte unverdrossen in das Büchlein. Er nahm keinerlei Notiz von der Alten. Erst als sie ihm mit ihrem Gehstock an das Bein schlug, fuhr er erschreckt hoch. »Verzeihen Sie, mein Herr! Ich fragte, ob auf der Bank neben Ihnen noch ein Plätzchen frei ist.«

»Oh, ich bitte um Entschuldigung. Ich war so vertieft. Ich hörte Sie nicht. Bitte schön! Nehmen Sie doch Platz.«

Sie kamen in der Nacht. Lautlos und ohne dass wir …

Florestan bemerkte, dass er die Zeile bereits gelesen hatte, und suchte die darunterliegende, als er erneut durch die Alte neben ihm auf der Bank gestört wurde.

»Wissen Sie, die freuen sich so über die paar Krumen. Auch wenn es verboten ist, tun es doch alle. Das Taubenfüttern, meine ich. Die armen Viecher.«

»Na, ich weiß nicht. So ausgehungert, wie Sie behaupten, sehen mir die Vögel aber nicht aus. Vielleicht geben Sie das Brot doch lieber den Fischen. Die könnten es sicher auch gut brauchen.«

»Meinen Sie? Na vielleicht haben Sie recht. Ich schaue mal vor zum Teich.«

Erleichtert, dass die Alte sich entfernte, las Florestan weiter. Diesmal fand er auf Anhieb die Stelle, wo er zuvor geendet hatte.

»*Was tun Sie mit meiner Frau? Lassen Sie sie sofort los.*« *Mein Mann war aus dem Bett gesprungen und schrie den Mann an, der mich festhielt. Erst jetzt erkannte ich Hans Frank, der von der Dunkelheit umgeben im Türrahmen stand und nun hervortrat.* »*Führen Sie sie ab. Sie ist eine Jüdin, die unter falschen Papieren reist.*«

»*Herr Generalgouverneur.*« *Gebhards Worte hallten durch den Raum.* »*Herr Generalgouverneur, ich bitte Sie. Wenn Sie meiner Frau etwas antun, dann zerstöre ich Sie.*« *Mit einem Satz war Gebhard an meinem Koffer und holte das Bild hervor. Mit seinem Messer, das er aus seinem Gürtelhalfter gezogen hatte, zielte Gebhard nun auf die Dame, die Leonardo da Vinci Ende des 15 Jahrhunderts gemalt hatte und die ihm, Hans Frank, so viel bedeutete.*

»*Das wirst du nicht wagen.*« *Franks Stimme bebte.* »*Niemals!*«

»*Bist du dir da so sicher? Wir hatten eine Vereinbarung. Erinnerst du dich?*«

»*Striesewitz! Hast du im Ernst geglaubt …*« *Frank schüttelte den Kopf und entließ den Mann, der* mich festhielt. Erleichtert trat ich an die Seite meines Mannes.

»Meine Frau gegen das Bild.« Die Stimme meines Mannes war laut und klang fest entschlossen.

»Du drohst mir?« Hans Frank lachte. »Du elender Wicht! Glaubst du wirklich, du kommst damit durch?«

»Du weißt, wozu ich fähig bin, Hans. Wenn du mir meine Frau nimmst, dann nimmst du mein Leben. Ich habe also nichts zu verlieren. Im Gegensatz zu dir.«

Franks Blick erstarrte, als er sah, dass die Spitze des Messers an der Kehle der gemalten Dame herumschabte.

»Ich weiß«, begann mein Mann von Neuem, »ich weiß, wie viel dir dieses Gemälde bedeutet. Weitaus mehr als ein Menschenleben.«

»Hör auf! Leg das Messer zur Seite!« Franks Tonfall war jetzt flehend. Das Schaben der Klinge war deutlich vernehmbar.

»Ihr Leben für das Bild.« Gebhard blickte auf mich und dann auf die Dame mit dem Hermelin. »Versprich es mir.«

Der Generalgouverneur Hans Frank hielt sein Wort. Noch in der Nacht verließen wir den Hof und flohen über Kufstein nach München.

Wien März 2017 (Polizeipräsidium)

Das Polizeipräsidium lag im zweiten Wiener Gemeindebezirk. Ein altes Backsteingebäude, vierstöckig mit roten unverputzten Ziegelwänden und einer Glasfront, die jüngeren Datums zu sein schien.

Rainer Rohringer wartete bereits auf seine Besucher. Sein Tagesablauf hatte sich etwas verschoben, sodass er Zeit genug hatte, um sich auf den Termin mit Florestan Voigt vorzubereiten. Die beiden kannten sich von früher. Hatten in einigen Fällen miteinander zu tun gehabt, und selbst wenn das Wort Freundschaft etwas hoch gegriffen war, sie respektierten einander in ihren Rollen als gnadenloser Bulle und lästiger Reporter.

Hauptmann Rohringer war überrascht gewesen, als ihn der Journalist einen Tag zuvor kontaktiert und um einen Termin gebeten hatte. Es ginge um das tote Mädchen vom See, hatte er ihm mitgeteilt. »Es gibt neue Erkenntnisse«, schrie Florestan in das Telefon und war sich nicht sicher, ob sein Gesprächspartner alles verstand. Die Freisprechanlage seines BMW schien einen Wackelkontakt zu haben und verschluckte ab und an Wörter.

»Hörst du mich, Rainer? Ich sagte gerade, es gibt vermutlich neue Erkenntnisse zum Fall. Es betrifft die Identität des Opfers. Aber mehr dazu würde ich gerne mit dir persönlich besprechen.«

Florestan Voigt war mit Jana Novak auf dem Weg zum Fundort. Als sie ihre Freundin auf dem Foto erkannt hatte, war es ihr Wunsch gewesen, mehr über die Umstände ihres Todes zu erfahren. Neben der Besichtigung der Örtlichkeiten wollte sie auch Einsicht in die Ermittlungsakten erhalten. Dass Elena Kowalski sich selbst das Leben genommen haben sollte, war für Jana undenkbar. Auch wenn sie ihre Freundin seit Jahren nicht gesehen hatte und nicht wusste, was in all der Zeit mit Elena passiert war, an einen Selbstmord konnte und wollte Jana nicht glauben. Die Elena Kowalski, die Jana kannte, würde sich nicht grundlos das Leben nehmen. Entweder war sie aus irgendeinem Grund dazu gezwungen worden, oder, und diesen Gedanken laut auszusprechen, kostete sie einiges an Überwindung, Elena war ermordet worden.

Als sie wenig später den Ort des Geschehens betrat, waren sämtliche Zweifel, die sie noch kurz vorher gehegt hatte, dahin. Dieses zerfallene Häuschen war kein Platz, um sich mit einem Strick um den Hals das Leben zu nehmen. Sie schüttelte nur den Kopf, als sie wieder zu Florestan in den Wagen stieg. »Hier soll sich Elena aufgehängt haben? Hier in dieser gottverlassenen Gegend? Nie und nimmer. Hier ist etwas faul. Jede Wette. Ich bin gespannt auf die Untersuchungsergebnisse. Wann, sagtest du, treffen wir diesen Hauptmann von der Polizei?«

Rainer Rohringers Schreibtisch befand sich im hinteren rechten Eck eines Großraumbüros. Seit der neue Trakt errichtet worden war, waren die kleinen Büros verschwunden und durch große, unpersönliche offene Arbeitskojen ersetzt worden. Lediglich durch eine Glasscheibe voneinander getrennt lag ein Arbeitsplatz neben dem anderen.

Rainer Rohringer führte Florestan Voigt und Jana Novak zu seinem Schreibtisch. Nach einer kurzen Vorstellung bot er ihnen einen Stuhl an. Er hatte zuvor die Zeit genutzt, um einen Blick in die alten Akten zu werfen, sodass er den Fall wieder bestens vor Augen hatte. Er lauschte Janas Ausführungen und notierte sich stichwortartig die Kernpunkte auf einem Blatt Papier. Der richtige Name des Opfers: Elena Kowalski. Identifiziert durch Freundin Jana Novak anhand eines Fotos von der Leiche am Auffindeort. Alter: 35 Jahre. Geburtsort: Warschau. Wurde dort seit 2003 vermisst. Zuletzt gesehen mit einem Mann namens Andreas Hermann. Angeblich Österreicher. Vermutlich wohnhaft in Wien. Die letzte Annahme beruht auf einer zufällig gefundenen Streichholzschachtel mit Aufdruck eines Wiener Nachtclubs, dem Belladonna im 20. Bezirk.

Als Jana geendet hatte, fasste Rainer Rohringer das eben Gehörte noch einmal zusammen. Er räusperte sich kurz, kratzte sich sein Kinn und begann in ruhigen Worten, den Fall aus Sicht der amtlichen Dienstbehörde, nachzulesen auf 482 Protokollseiten, den beiden offenzulegen. »Ich will euch nicht enttäuschen, aber Neues habt ihr uns nicht geliefert. Alles vorliegend. Auch das psychiatrische Gutachten. Ich könntet alles nachlesen, wenn ihr wollt.«

»Was heißt hier ‚nichts Neues‘? Das Mädchen heißt Elena Kowalski und nicht Elena Weinmann. Dann der Name ihres Freundes Andreas Hermann. Die mögliche Verbindung zum Belladonna. Das alles ist für Sie nicht von Bedeutung?«, begehrte Jana auf.

»Sie können die Protokolle Stück für Stück durchlesen. Der Abschiedsbrief. Das psychiatrische Attest ist beglaubigt und akzeptiert worden. Was zu dieser Posttraumatischen Belastungsreaktion geführt hat, ist niemandem bekannt. Dass diese Erkrankung allerdings zu einer Depression führen kann, ist eine Tatsache und dass die wiederum einen Suizid auslösen könne, ebenso.« Der Polizist lehnte sich in seinem Stuhl zurück und faltete die Hände über seinem Bauch.

Jana nahm das Attest in die Hand und las lediglich die

Diagnose. Sie wusste, das Medizinerlatein würde sie ohnehin nicht verstehen. Ein Doktor Sigmar Becker sprach von einer schweren Depression, die er auf ein Geschehen in Elenas Vergangenheit zurückführte. Was auch immer die Ursache dieses Traumas war, es sei schwer genug gewesen, um einen Selbstmord auszulösen. Achtlos legte sie den Zettel zur Seite. Auch dem angeblichen Abschiedsbrief erging es ähnlich. Wirre Worte, die in Großbuchstaben mit zittriger Hand verfasst worden waren. Ich kann nicht mehr, war da zu lesen. Nichtssagende Worte und jederzeit reproduzierbar. Von jedermann.

»Glauben Sie eigentlich die Dinge, die Sie mir da erzählen? Sind Sie ernsthaft davon überzeugt, dass sich meine Freundin Elena Kowalski in der Hütte dort am See erhängt hat? Nennen Sie mir einen triftigen Grund, warum sie es gerade an diesem gottverlassenen Ort tun sollte. Wenn jemand depressiv ist und nicht mehr leben will, dann nimmt er Tabletten, wirft sich vor den Zug oder meinetwegen erhängt er sich auch. Nur fährt er dazu tatsächlich hundert Kilometer weit?«

Für Jana war hier ein Verbrechen begangen worden und lauthals schrie sie dem Polizisten ihre Vermutung ins Gesicht. Die Ermittlungen waren ungenau und dürftig und ihrer Ansicht nach viel zu früh abgebrochen worden. Jana war außer sich vor Wut. Florestans Bitte, sie solle sich etwas in ihrem Ton mäßigen, mit Aggression würde sie nichts erreichen, verpuffte im Nichts. Ungehindert fuhr sie in der gleichen Tonart fort.

»Sie glauben doch selbst nicht daran. Geben Sie es doch zu«, brüllte sie Rainer Rohringer an. »Dieser Weinmann, oder wie der Typ, dieser sogenannte Adoptivvater auch immer heißen mag, hat doch Dreck am Stecken und irgendjemand schützt ihn. Helfen Sie mir, den Fall endlich vors Gericht zu bringen!«

Rainer Rohringer zuckte während des Gespräches mehrmals zusammen. In dieser Art und Weise war noch nie mit ihm gesprochen worden. Brüskiert über ihr Verhalten ihm gegenüber fuhr er Jana an.

»Sehr geehrte Frau Novak! Sollten Sie es vergessen haben, wir sind hier in Österreich. Hier gilt unser Gesetz!« Er betonte seine Aussage, indem er mit dem Zeigefinger heftig auf die Tischplatte klopfte. »Sehen Sie auf das Deckblatt des Untersuchungsberichts.« Er schob ihr den Aktenstapel zu und deutete auf den Vermerk, der mehr als deutlich zu lesen war.

Die Akte Elena Weinmann ist als abgeschlossen zu betrachten. Der Polizeidirektor. Wien, am 13.Februar 2017

»Aber um Himmels willen! Sie glauben doch den Mist nicht?«

»Es ist völlig irrelevant, was ich denke oder glaube.« Rainer Rohringer erhob sich hinter seinem Schreibtisch. Für ihn war die Besprechung beendet.

Jana jedoch machte keine Anstalten, das Büro von Rainer Rohringer zu verlassen. Sie war nicht ein weiteres Mal nach Wien gekommen, um jetzt tatenlos von dannen zu ziehen. Nein, das würde ihr Elena nie verzeihen. Nicht bevor sie einen Blick in die Akten geworfen hatte.

»Ich kann Ihnen die Einsicht in die Ermittlungsergebnisse nicht verwehren.« Rainer Rohringers Stimme vibrierte. Ihm war die heftige Auseinandersetzung in die Knochen gefahren. Eine derartige Zurechtweisung hatte er noch nie zuvor erlebt. Auch wenn diese Novak in einigen Bereichen nicht ganz unrecht hatte, das musste er sich eingestehen, aber so wie eben durfte niemand mit ihm umspringen. In unverändert rauem Ton fuhr nun er fort. »Ich bitte Sie, mein Büro zu verlassen. Nutzen Sie den Aufenthaltsraum für Ihre eigenen Recherchen. Meine Sekretärin wird Sie begleiten.«

Die stickige Besenkammer als Aufenthaltsraum zu bezeichnen war mehr als eine Übertreibung. Viel mehr glich er einem Verlies, in den Verdächtige geschoben werden, um ihnen ein Geständnis zu entlocken. Ein fensterloser, kalter Raum mit gerade mal zehn Quadratmetern Größe. Ein Eisentisch, zwei polsterlose Metallstühle. Erhellt wurde das Zimmer von einer Neonröhre, die geräuschvoll vor sich hin summte.

Nach zweieinhalb Stunden fanden Jana und

Florestan die Information, nach der sie gesucht hatten, und notierten Namen, Adresse und Telefonnummer auf einem Blatt Papier.

***

»Und du denkst nicht, dass es klüger wäre, uns anzumelden? Vielleicht ist er nicht zu Hause oder hat keine Zeit?«, überlegte Jana. Sie hatte in ihrem Handy die Adresse eingegeben und war nicht gewillt, die Kilometer der angezeigten Strecke vergeblich zurückzulegen.

»Das kann gut sein«, erwiderte Florestan, »allerdings ist der Überraschungseffekt nicht zu unterschätzen. Er soll keine Zeit haben, sich auf das Gespräch vorzubereiten.«

Sie hatten Glück. Nach dreimaligem Klingeln öffnete ihnen ein durchtrainierter, hagerer Mann im Bademantel. Florestan und Jana schätzten ihn auf Mitte fünfzig. Die Verwunderung war Adam Vesniak deutlich ins Gesicht geschrieben, war doch ein Besuch von Wien-Aktuell nicht alltäglich. Erstaunt, ein zweites Mal zum Fall Elena Weinmann befragt zu werden, gab er den Presseausweis seinem Besitzer zurück und bat beide, einzutreten. Sie möchten seinen ungewöhnlichen Aufzug entschuldigen, er sei gerade vom Laufband gestiegen und auf dem Weg zur hauseigenen Sauna. Er würde sich gerne umziehen, dann stehe er ihnen zur Verfügung.

»In welchem Verhältnis standen Sie zur Toten?«, begann Florestan Voigt seine Befragung. Er hatte Adam Vesniak zuvor versichert, dass nichts von seinen Aussagen an die Öffentlichkeit geraten würde. Ihr Besuch sei darin begründet, dass Jana Novak, eine Freundin der Verstorbenen, nicht an die Selbstmordtheorie glaube. Auch wenn in vierzehn Jahren einiges hätte passieren können, ein Suizid sei unvorstellbar.

»Ich war lediglich ihr Gesangslehrer. Auch wenn es möglicherweise nach mehr ausgesehen hat. Unser Kontakt beschränkte sich ausschließlich auf die musikalische Zusammenarbeit.«

»Hatten Sie in der letzten Zeit vor ihrem Tod eine Veränderung bei ihrer Schülerin bemerkt? War Elena Weinmann irgendwie auffällig geworden? Anders?«

»Das wurde ich bereits gefragt. Vor zwei Monaten. Damals habe ich die Frage mit einem klaren Nein beantwortet. Daran hat sich nichts geändert. Ich ändere meine Meinung nicht so schnell.«

»Sie erwähnten zuvor, dass ihre Beziehung zueinander möglicherweise nach mehr ausgesehen hätte. Wie kann ich das verstehen? Wonach hätte es denn aussehen können?«

»Sie wissen doch, wie das ist! Die Leute reden

schnell, wenn man öfter miteinander gesehen wird. Der Fantasie sind da keine Grenzen gesetzt.«

»Hat man Sie denn häufiger miteinander gesehen?« Florestan Voigt hatte Lunte gerochen. Ein unbestimmtes Gefühl verstärkte seine Überzeugung, dass Elenas Gesangslehrer an der Klärung des Falles entscheidend mitwirken könnte.

Adam Vesniak rutschte nervös auf der Couch hin und her. Die Befragung lief in eine Richtung, die ihm missfiel. Er suchte nach einem Vorwand, sie zu beenden, doch Florestan blieb hartnäckig.

»Herr Vesniak, wo und wann hat man sie gemeinsam gesehen? Ich dachte, Sie wären nur der Stimmlehrer von Frau Weinmann. Hatten Sie ein Verhältnis mit Ihrer Schülerin?«

»Ich bin Ihnen zu keiner Rechenschaft verpflichtet«, donnerte Vesniak ihm entgegen. »Außerdem habe ich das alles schon zu Protokoll gegeben. Ich bitte Sie, mein Haus zu verlassen.«

»Hatten Sie ein Verhältnis mit Frau Weinmann?«

Florestan Voigt insistierte lautstark und drängte auf eine Antwort, doch sein Instinkt verriet ihm, dass er keine erhalten würde. Er versuchte zu retten, was zu retten war, und beschwichtigend bat er, Adam Vesniak eine allerletzte Frage stellen zu dürfen. Der Gesangslehrer nickte genervt.

»Wo haben Sie sich immer mit Frau Weinmann getroffen?«

»Ich glaube, Sie haben da etwas falsch verstanden. Es gab keinen Treffpunkt. Elena und ich sahen uns kaum außerhalb der Proben. Und wenn, dann immer in der Öffentlichkeit. Nie geheim. Wir gingen ab und an in das Café am Kirchplatz. Gleich neben dem Proberaum.«

Das Café lag an einer Straßenecke und hatte im Hinterhof einen wunderschönen Gastgarten, der allerdings jetzt zur Winterzeit nicht geöffnet war. Als Jana mit Florestan eintrat, war das Lokal nahezu leer. Zwei Fenstertische waren besetzt. An einem saß ein Mann und trank sein Bier, der zweite bot einem jungen Paar Gelegenheiten, zärtliche Blicke auszutauschen. Florestan wurde neidisch beim Anblick der Verliebten. Jana schien seine Gedanken zu erraten und schubste ihn voran, auf die Theke zu.

Der Kellner, ein älterer Herr mit Schnurrbart und Halbglatze, erwies sich als sehr hilfreich. Die Frage nach der Frau auf dem Foto beantwortete er mit einem klaren Ja. Die war ein paarmal da. Immer in Begleitung eines Herrn. Hager, sportlich, fünfzig plus. Die Antwort schoss nur so aus ihm heraus, als wäre sie einstudiert worden. Florestan war beeindruckt von der Erinnerungsgabe dieses älteren Herrn. Dass Frauen, insbesondere hübsche Frauen, im Gedächtnis blieben, war kein Geheimnis. Bei Männern fand er dies jedoch eher ungewöhnlich.

Er hatte seinen Gedanken kaum zu Ende gesponnen, als der Kellner ihn abermals verblüffte.

»Zuletzt kam sie nur mehr ohne Begleitung, und um ihre nächste Frage gleich zu beantworten. Ich erinnere mich an dieses Fräulein, weil sie eines Tages sämtliche Zeitungen im ganzen Lokal für sich beanspruchte. Es war mehr als ungewöhnlich, denn auf allen Zeitungen war ein und dasselbe Bild zu sehen. Dieser Frauenkopf von dem Italiener, der auch die Mona Lisa gemalt hat. War damals groß in allen Blättern auf der Titelseite. Ich glaube, die Ungarn haben das Bild gekauft. Oder waren es die Tschechen?«

Darüber grübelnd verschwand er hektisch in der Küche. Mit ein paar Würstchen für den einsamen Biertrinker kam er wenig später zurück und schlängelte sich elegant mit dem Teller in der Hand an ihnen vorbei.

Wenig später klingelten sie wieder an Adam Vesniaks Haustür. Die Fragen schienen von Stunde zu Stunde mehr zu werden. Sie hatten lange überlegt, ob sie den Gesangslehrer noch einmal belästigen sollten und waren zu der Überzeugung gekommen, dass nur er imstande war, ein wenig Klarheit in ihre wirren Gedankengänge zu bringen.

»Was wollen Sie? Ich habe nichts mehr zu sagen!«

Wutentbrannt wollte er ihnen die Tür vor der Nase zuschlagen, doch Florestan hatte bereits seinen Fuß in den Spalt geschoben. Hoffnungsvoll zog er das letzte Register. Die Mitleidstour. Wenn er Adam Vesniak zu einem letzten Gespräch überreden könnte, dann würde es nur auf diesem Wege gehen.

»So haben Sie doch ein wenig Verständnis. Jana Novak war die beste Freundin der Toten. Sie möchte lediglich wissen, was passiert ist. Können Sie das nicht verstehen? Ich bitte Sie inständig.«

Adam Vesniak ließ sie gewähren. Man einigte sich auf einen zweiten Versuch.

»Sie fragten nach meinem Verhältnis zu Elena Weinmann?«

»Ja. Das stimmt!«

»Ich war der Lehrer und sie war meine Schülerin. Die beste, die ich je hatte. Ich konnte Elena gut leiden und sie … ja, sie mich auch. Doch ich hatte nichts mit ihr. Es war nur … in letzter Zeit trafen wir uns öfter in jenem Café, in dem Sie, so vermute ich, eben gewesen sind.«

»Auch das stimmt. Wir waren gerade dort und der Kellner konnte uns so einiges berichten. Was wissen sie von dem Gemälde ‚Die Frau mit dem Hermelin‘?«

»Das, was unlängst in den Zeitungen stand. Nicht mehr und nicht weniger.«

»Hat Elena in Ihrem Beisein das Bild erwähnt? Haben Sie darüber gesprochen?«

»Nie. Zumindest kann ich mich nicht daran erinnern.«

»Der Kellner sprach davon, dass Elena zuletzt nur mehr allein das Café besuchte. Nach seiner Beschreibung war sie sonst immer in Ihrer Begleitung dort.«

»Wie soll ich Ihnen das nur erklären. Elena war ein hübsches Mädchen. Talentiert und strebsam, doch sie war eben auch eine junge Frau, die … Elena wollte…«

»Herrgott noch mal, lassen Sie sich doch nicht alles aus der Nase ziehen? Was wollte Elena?«

Jana hatte die Geduld verloren und war aufbrausend aus ihrem Sessel gefahren. Wie eine Furie fiel sie über Adam Vesniak her, der verstört auf seinem Stuhl kauerte.

»Himmel, was schreien Sie mich so an. Gut, Elena war ein hübsches Mädchen und ich mochte sie. Elena war aber auch ein einsames Mädchen. Ohne großen Freundeskreis. Wohlbehütet von ihrem sogenannten Vater. Keinen Schritt konnte sie allein machen. Sie war traurig und voller Sehnsucht nach jemandem, der sie als Frau wahrnimmt. Und ja! Ich sage es Ihnen noch einmal: Ich mochte sie, doch sie war nicht meine Geliebte. Sie verstehen nicht, aber wären die Dinge anders … ich … mein Gott, wie gerne wäre ich mehr für sie gewesen. Nur es ging nicht. Meinetwegen. Ich konnte nicht.«

»Nichts versteh ich. Gar nichts, wenn Sie nicht endlich Klartext reden!« Jana wäre beinahe handgreiflich geworden, wenn Florestan sie nicht zurückgehalten hätte.

»Jana«, schrie Florestan sie an und drückte sie in den Sessel zurück. »Jana, lass den Mann in Ruhe. Herr Vesniak hätte Elena nie ein Haar gekrümmt.«

Eine Stille trat ein, mit der niemand so recht umzugehen wusste. Florestan fasste den Mut, sie zu brechen und fragte Adam Vesniak direkt ins Gesicht.

»Sie sind schwul, nicht wahr? Und als sie Elena ihre Neigung mitgeteilt haben, brach für das Mädchen eine Welt zusammen.«

Adam Vesniak nickte stumm und vergrub sein Gesicht in den Händen.

Wortlos erhoben sich Jana Novak und Florestan Voigt und ließen Adam Vesniak als gebrochenen Mann zurück.

Die Befragung hatte einen anderen Verlauf genommen, als es sich die beiden gewünscht hatten. Das zunächst Unglaubliche schien immer wahrscheinlicher zu werden. Florestan ging hinter Jana durch die Tür. Kurz bevor sie ins Schloss fiel, drehte er sich nochmals zu Adam Vesniak um.

»Können Sie sich vorstellen, dass Elena Selbstmord begangen hat? Wäre sie emotional dazu in der Lage gewesen?«

Adam Vesniak starrte ins Leere.

»Bitte, Herr Vesniak, beantworten Sie mir diese allerletzte Frage. Hätten Sie Elena in ihrer damaligen seelischen Verfassung einen Selbstmord zugetraut?«

Adam Vesniak schaute auf und blickte die beiden an. Dann nickte er.

Die Rückfahrt nach Wien verlief schweigsam. Florestan saß hinter dem Steuer und konzentrierte sich, so gut es ging, auf den Straßenverkehr, während Jana teilnahmslos aus dem Beifahrerfenster starrte. Die Sonne war hinter dem hügeligen Wienerwald untergegangen. Grau und trist zogen Fabriken und Wohnsilos an ihnen vorbei. Alle Kraft war aus ihnen beiden gewichen. Die Suche nach Hinweisen auf ein Verbrechen hatte sich durch Adam Vesniaks Ausführungen im Nichts verlaufen.

Das Motiv für Elenas Entscheidung war gefunden worden.

Jana sah die letzten Gedankenabläufe im Leben ihrer Freundin allzu deutlich vor sich. Da war ein Vater, der nie einer war. Dann starb ihre Mutter. Dann der Tod von Mamele, ihrer heißgeliebten Großmutter. Ein Hoffnungsschimmer war die Liebe zu Andreas Hermann, der aus dem Nichts kam und vermutlich auch dorthin wieder verschwand. Wie Egon Weinmann in

Elenas Leben getreten war, blieb ein ungelöstes Rätsel, doch dürfte er Elena in irgendeiner Weise berührt haben, sodass sie ihn in ihr Herz gelassen hatte. Allerdings erfüllte er nur die ersehnte Vaterrolle und nicht die des Liebhabers.

Dann trat plötzlich Adam Vesniak in ihr Leben. Erneut die große Liebe, erneut eine noch größere Enttäuschung. Für Jana schien sich der Kreis zu schließen. Elena war an gebrochenem Herzen zugrundegegangen. Sie hatte das Vertrauen in das Leben verloren.

Jana fing an zu weinen.

Warschau Mai 2017

Jana Novak war nach Warschau zurückgefahren. Wien hatte seinen Reiz verloren, auch wenn die Temperaturen angenehm waren und die Stadt in einer Blütenpracht erstrahlte, die zum Flanieren in den unzähligen Parks einlud.

Mit der plötzlichen Wende im Fall Elena war Wien wieder zu dieser tristen grauen Stadt geworden, die Jana bereits 2003 in eisiger Kälte empfangen hatte. Florestan Voigt hatte seine Freundin begleitet. Er war nach wie vor von seiner Arbeit bei Wien-Aktuell freigestellt.

Er hatte die Zeit benötigt, um wieder er selbst zu werden, allerdings hatten ihm die letzten Wochen deutlich gezeigt, dass er ohne seine Arbeit nur ein halber Mensch war. Ein wichtiger Teil in seinem Leben fehlte. Die Recherchen hatten ihm das klar vor Augen geführt.

Zudem waren sich Jana und er wieder nähergekommen. Sie waren jetzt ein Paar und sie genossen die Zweisamkeit wie junge Teenager. War es das knutschende Paar, das sie im Café am Platz beneidet hatten, war es die Bedürftigkeit nach Wärme und seelischem Halt nach der erschreckenden Gewissheit, dass ein für ausgeschlossen gehaltener Selbstmord wirklich geschehen war? Hatte der große Vorhang des Ungewissen sie blind für ihre eigene Liebe gemacht? Sie wussten es nicht und es war ihnen auch nicht wichtig.

Damals, nach dem Besuch bei Adam Vesniak, waren sie kommentarlos zu Janas Hotel gefahren. Enttäuscht über den Ausgang, aber letzten Endes doch hungrig nach einem menschlichen Körper waren sie übereinander hergefallen. Sie liebten sich die restliche Nacht und verließen das Bett auch nicht am darauffolgenden Tag. Mit einem Mal schien die Zeit zurückgedreht und die Schmetterlinge aus dem Jahr 2003 hatten wieder in ihren Bäuchen zu tanzen begonnen.

Die Frage, wie und vor allem wo ihre gemeinsame Geschichte weitergehen sollte, hatte ihre Bedeutung verloren. Beide wussten, dass sie an irgendeinem Platz auf dieser Welt weitergehen würde. Warschau war nicht Wien, doch das musste es auch nicht sein.

Sie hatten den Abendzug nach Warschau genommen, allerdings wollten sie vorher noch zwei Dinge erledigen.

Es war Jana ein Bedürfnis, sich bei Rainer Rohringer zu entschuldigen. Ihre ruppige Art war nicht angebracht gewesen. Vor allem nicht im Hinblick darauf, dass die Ermittlungen korrekt verlaufen waren. Sie hatten Glück und fanden Rainer Rohringer in seiner Koje im hinteren Teil des Großraumbüros. War er zunächst irritiert, die beiden wiederzusehen, so war er doch angetan von Janas Entschuldigung und nahm sie erfreut an. Zum Abschied legte er noch seine Visitenkarte auf den Tisch. Für alle Fälle. Man wusste ja nie, wozu es gut sein konnte. Florestan steckte sie in seine Tasche, dann verließen sie sein Büro.

Auf dem Weg zum Bahnhof bat Jana den Taxifahrer, er möge doch an der Naglergasse vorbeifahren. Sie wollte der Stadt nicht den Rücken kehren, ohne Egon Weinmann einmal gesehen zu haben. Auch hier hatten sie Glück. Es war kurz nach sechs Uhr, als ein alter Mann das Rollo des Juwelierladens nach unten schob. Er hatte einen beigen Kamelhaarmantel an und auf dem Kopf einen flachen Hut mit breiter Krempe, wie er gerne von Juden getragen wurde. Trotzdem er zum Christentum konvertiert war, in seinem Herzen war er Jude geblieben.

Als ob er geahnt hätte, dass er beobachtet wurde, drehte er sich langsam in die Richtung, in der das Taxi angehalten hatte. Eine Zeitlang verharrte er und beinahe schien es, als würden sich seine und Janas Blicke begegnen. Dann wandte er sich ab und war verschwunden.

***

Florestan mochte Polen. Er war nun schon seit über einem Monat in Janas Heimat. Die Freundlichkeit der Leute faszinierte und beeindruckte ihn zugleich. Die Griesgrämigkeit seiner Landsleute und im Speziellen die seiner Geburtsstadt Wien empfand er im Gegensatz dazu als auffälliger denn je. Auch wenn er die Einwohner hier nicht in ihrer Sprache verstand, allein ihre Mienen und ihr Verhalten vermittelten ihm mehr Gelassenheit und weniger Verbissenheit. Er mochte dieses Volk, das so manches historische Tief überstanden hatte und nun auf eine ruhigere Zukunft zusteuerte.

Es war ihr letzter gemeinsamer Abend. Eine tragende Entscheidung konnte nicht länger aufgeschoben werden. Werner Altmann hatte Florestan in einem Schreiben wissen lassen, dass er gesundheitshalber nun doch früher seinen Stuhl räumen müsse. Er wolle ihn zu nichts drängen, allerdings wollte er ihn auch nicht in Unwissenheit lassen. Der Posten stünde nach wie vor für ihn als Nachfolger bereit. Florestan hatte dieses Schreiben, das ihm von der Post nachgeschickt worden war, lange vor Jana geheim gehalten. Die Entscheidung konnte nur er für sich allein treffen. Auch wenn vieles davon abhing. Als er ihr dann davon erzählte, reagierte sie so, wie er erhofft hatte. »Wie auch immer du dich entscheidest, du wirst mich nicht mehr los. Ob hier in Warschau oder in Wien oder sonst wo.«

»Liebes, du musst dich beeilen, wenn wir pünktlich sein wollen. Ich habe das Taxi für neunzehn Uhr bestellt. Du hast also noch eine gute halbe Stunde, um dich in Schale zu werfen.« Er saß in Janas Wohnzimmer und hoffte, dass sie ihn trotz der Wassergeräusche in der Dusche gehört hatte. Ein lautes Ja aus dem Badezimmer beruhigte ihn.

Er hatte sich ein Glas Wein eingeschenkt und blätterte durch ein Fotoalbum, das er in Janas Wandregal entdeckt hatte. Es zeigte die verschiedenen Stadien der Freundschaft zwischen Elena und Jana. Florestan war ein wenig neidisch wegen all der Schnappschüsse, die hier für die Ewigkeit festgehalten worden waren und den Werdegang einer tiefen Verbundenheit dokumentierten, zunächst in Schwarz-Weiß-Bildern, zuletzt dann auch in Farbe. Würde er Gleiches in seinem Bücherschrank vorfinden? Er brauchte nicht lange, um diese Frage mit einem klaren Nein zu beantworten. Die Ernüchterung darüber dämpfte seine gute Laune, sodass er sie schnell aus seinem Gemüt verbannte und weiter in dem Album blätterte.

Er war beinahe am Ende angelangt, als sich die Tür zum Bad öffnete und Jana in einem atemberaubenden weinroten Cocktailkleid vor ihm stand. Er war überwältigt.

»Du siehst wieder einmal fabelhaft aus, Liebes. In deiner Gegenwart bin ich nur ein altes faltiges Männlein«, grinste er.

Sie saßen bereits im Taxi Richtung Oper. Das Durchblättern des Albums hatte Spuren hinterlassen. Allerdings konnte Florestan nicht sagen, ob es die Freude über diese unglaubliche Mädchenfreundschaft war oder mehr der Neid und der Frust, derartiges nie kennengelernt zu haben. »Übrigens hast du nie erwähnt, dass Elena Linkshänderin war.« Ihm war ein Bild aufgefallen, das die beiden Damen bei der Siegerehrung eines Squash-Turniers zeigte. Die Spielerinnen hielten die Schläger gegeneinander und das Bild erinnerte ihn irgendwie an Aufnahmen der Beatles. Dort war es Paul gewesen, dessen Gitarrensteg zur anderen Seite zeigte.

»Ja! Das war sie. Die meisten unserer Matches habe ich verloren. Man sagt, Linkshänder agieren um einen Deut schneller. Zumindest war das immer meine Ausrede.«

Es war ein Klavierabend, zu dem Florestan Jana eingeladen hatte. Sie saßen in einer der vorderen Reihen und waren äußerst angetan. Zum einen von der Anmut und zum anderen von der Geschwindigkeit, mit der der Pianist die Tasten zum Klingen brachte. Der Pianist, ein Jungtalent aus China, verzauberte das Publikum mit Philipp Glass' »Mad Rush«. Dem Klang zarter Regentropfen gleich schwebte das Hauptmotiv des Stückes durch das Opernhaus und drang sanft und behutsam in die Gemüter der Musikliebhaber. Eine Monotonie, die alles andere als monoton war.

Florestan schloss seine Augen und gab sich ganz den Klängen hin, als er plötzlich erstarrte. Von einer Unruhe getrieben schoss er hoch, drängte aus der Reihe dem Ausgang zu. Er rannte die Stufen hinunter auf die Straße, als er bemerkte, dass er sein Handy im Sakko, das über der Rückenlehne des Theatersitzes lag, zurückgelassen hatte. Er konnte zurück in den Saal gehen und sein Telefon holen oder das Unaufschiebbare nach der Vorstellung erledigen. Doch er war zu aufgebracht. Einen Aufschub würde er seelisch nicht durchhalten. Er fand die Direktion und einen verständnisvollen englischsprechenden Diensthabenden.

Mit wenigen Sätzen erklärte er ihm die Dringlichkeit seiner Bitte. Kurze Zeit später zog das Faxgerät das Blatt Papier ein, während es eine Telefonnummer in Wien anwählte.

»Mein Gott«, durchfuhr es Florestan. »Wenn das zutrifft!« Der Piepston signalisierte ihm, dass der Empfänger gefunden worden war. Die Visitenkarte von Rainer Rohringer schien aktuell zu sein. Jetzt hieß es warten und Geduld haben.

Eine halbe Stunde später, er war inzwischen in den Musiksaal zurückgekehrt, vibrierte sein Handy in der Hosentasche. Voller Ungeduld zerrte er es heraus. Die Musik von Philipp Glas erfüllte ohne Unterlass den Raum, doch für Florestan Voigt hatte sie ihren Zauber verloren.

»Knotenrechtsgedreht«, las er, nachdem er die SMS geöffnet hatte.

Er war erleichtert. Die Sache war noch nicht zu Ende. Voller Stolz schob er Jana das Handy hin. Mit dem Wort Knotenrechtsgedreht konnte sie wenig anfangen und verwies auf die anstehende Pause.

Wenig später standen sie draußen im Foyer und Florestan konnte seine Aufregung kaum verbergen.

»Verstehst du nicht, was das zu bedeuten hat? Du hattest recht, Himmel noch mal. Du hattest recht!«, rief er aus und seine Arme umfassten Jana und hoben sie in die Höhe. Vor lauter Euphorie wäre er imstande gewesen, sie in die Luft zu werfen.

Jana freute sich über seine Liebesbekundung, konnte aber seinen Gedankengängen nicht folgen und bat um Aufklärung.

»Sieh her«, sagte er. »Die Seilschlinge, mit der sich Elena erhängt haben soll, ist von einem Rechtshänder geknüpft worden. Einem Rechtshänder! Jana war Linkshänderin! Sie konnte nie und nimmer diesen Knoten binden. Du hattest recht, Schatz. Gott verdammt, du hattest recht. Wer auch immer dieses Schwein war, das Elena umgebracht hat, wir werden es finden.«

ENDE

Nachtrag für meine Leser

Das Geschriebene ist ein Roman. Fiktiv und frei erfunden, auch wenn Teile davon einen geschichtlichen Hintergrund haben. Das Gemälde von Da Vinci, einige Namen und Schauplätze entstammen der Realität, auch wenn sie von mir etwas abgeändert wurden. Ähnlichkeiten mit lebenden Personen wären rein zufällig und sind ungewollt.

Das Bild »Die Dame mit dem Hermelin« existiert und ist in Krakau zu sehen. Leonardo da Vinci, dessen 500. Todestag wir 2019 feiern, dürfte es in den Jahren 1489/90 gemalt haben. Es zeigt Cecilia Gallerani, die Mätresse von Ludovico Sforza, einem Mailänder Fürsten. Das Hermelin wurde von Leonardo erst nachträglich eingefügt und diente, wie in vielen anderen seiner Bilder auch, als Anspielung auf die abgebildeten Personen. Ludovico Sforza war Träger des Hermelinordens und hatte den Spitznamen »weißer Hermelin«.

Daneben zielte das Tier auch noch in zweifacher Hinsicht auf Cecilia Gallerani ab. Einerseits leitet sich Gallerani vom altgriechischen Wort galee ab, das Wiesel bedeutet. Andererseits sollte es auch als Seitenhieb gelten, denn zum Zeitpunkt der Entstehung des Bildes war das damals 16- oder 17-jährige Mädchen bereits schwanger und das Hermelin galt damals wegen seines reinen weißen Fells auch als Schutztier der Schwangeren.

Auch die Person Hans Frank hat es wirklich gegeben. Auch wenn ich mir hier, bezüglich seines Werdegangs die künstlerische Freiheit einer Abänderung erlaubt habe, so entspricht doch einiges des Dargestellten der Wahrheit. Als Kunstliebhaber stritt er sich tatsächlich mit Hermann Göring um das Ölgemälde. Auch der Irrweg, den dieses Bild durch Europa zurückgelegt hat, ist Franks Kunstliebhaberei zu verdanken. Gleichwohl sind die Reise und die damit verbundenen Ereignisse meiner Fantasie entsprungen. Dies trifft ebenso auf die Person des Gebhard Striesewitz zu. In Wirklichkeit war ein Kunstexperte aus Österreich, Kajetan Mühlmann, damit beauftragt, die »Dame mit dem Hermelin« von Berlin nach Krakau zu begleiten. Dass das Werk mitsamt der restlichen Czartoryski-Sammlung von der polnischen Regierung zu einem Spottpreis erstanden wurde, entspricht allerdings wieder den Tatsachen. Ebenso, dass das Gemälde nach Ende des Zweiten Weltkriegs in Franks Bauernhof am Schliersee von den Amerikanern gefunden wurde.

Kufstein, Mai 2019

Florian
Reinstaller

HIMMEL
UND
HÖLLE

Roman